支离破碎

◎ 石康 著

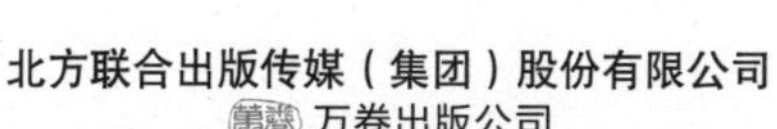

序言

这套文集的目的在于，收集我出过的所有书，并比初版时更多地在其中展现出作品的原貌。能够有这样的运气，作为作者，我感到十分欣慰。在此，我对编者与读者表示感谢。除此以外，我还能说些什么呢?

在我工作之时，常有一个美好但一厢情愿的个人愿望，那就是——希望自己写下的不是一些令人羞愤的垃圾，而是能为人们的公共生活增添某种价值。不过，我无法肯定这一愿望是否能够实现，像所有作家一样，我把一切寄望于未来的时间。我想，如果我真是一名作家，而不是一个冒牌货的话，那么，也许我的作品能够为从我身边流逝而去的时间做一个有效的见证，尽管我目前对见证的意义仍然缺乏信心。我认为，每个人至少都是他自己生命的目击者，当他把亲眼所见的重要事实公之于众的时候，那么他便会成为一个个体生活的见证。在这里，我仍要一厢情愿地认为，这种见证未必缺乏价值，至少，我不认为它比那种以己度人的胡编乱造更加缺乏价值，或者比干脆没有留下话语更加缺乏价值。

我痛恨谎言与残酷，不仅因为谎言与残酷的强大，更因为它们给现实中的个人带来很坏的感受，也令公共生活受到极不健康的败坏，我相信这种败坏使人生平添迷雾，使人们之间的交往效率低下而恶意横生，使人们本来就平庸艰难的生活更加痛苦不堪。我认为，人类的重要伦理之一，就是尽力改进人性中的诸多弱点，使之更趋完善。但是，从何处着手呢？我想坦诚与富于同情心也许是个好起点，除此以外，目前我尚未想出更好的起点。

我认为，有价值的艺术，是那种见证并创造人生的艺术。艺术从审美与道德这两方面给人生注入新意，满足人们的好奇，慰藉人们的痛苦与无助，缓解人们的空虚焦虑与厌倦，令人更加了解自己以及周围的世界。除此以外，艺术还能做些什么呢？

根据经验，我相信艺术能够为人生凭空增添美妙的幻想，令人轻松与愉悦，甚至能把人带入漫无边际的超然世界之中。但是，我更希望能通过艺术给人的心灵注入一种坚强的力量，使人具有一种倔强的愿意生活下去的勇气；使人冷静地面对生命的真相，即使那真相并不令人鼓舞；使人热情地探索生命的意义，即使那意义令人困惑；使人勇敢地计划与创造人类更为合理的存在，即使那存在缺少欢乐，单调乏味。有价值的艺术应为人类不停地注入这样一种精神，那就是：生而为人，即使是原因不明、结果不定，即使必须毁灭，也要抗争不息，绝不屈服，永不屈服！

石康

0

我三十一岁，我读书，我睡眠，我写作，我厌倦，我坐立不安，我四下走动，我探头探脑，我漫不经心，我无聊至极，我孤独寂寞，我单调乏味，我不值一提，我的生活支离破碎。

甚至，我不知道我为什么要描述我的生活，我弄不清楚自己用意何在，我只是盲目地做着我认为可做的事情，我就是这样。

三十一岁是讨厌的年龄，我这么说的原因是——到了三十一岁，我发现自己走入荒原，清点行装，发觉贴身物品只有两件——无聊的欢乐和不可告人的痛苦。这足以使我断言，三十一岁讨厌之极。

我自认为不是那种积极向上的人，但我非常尊敬积极向上的人，特别是诸如罗素、爱因斯坦等出类拔萃之人，我尊敬他们的忍耐精神和挣扎斗志，我也尊敬他们的生活方式，我认为，如果没有“积极向上、永远抗争、挑战命运”之类活泼可爱的迷信活动，人生简直就闪不出火花来。

我不会闪出火花，我颤抖，但不闪烁；我犹豫，但不后退；我怀疑一切；我背对生活；我是另一种人，是那种所谓“还未找到信仰的人”；我头重脚轻，缺乏根基，因此，在茫茫人海里，我显得步履蹒跚，左顾右盼，行动迟缓，不着边际。

我自命不凡，不知高低。相反，却又十分害羞，我的羞耻感来源于对自身无能的判断，另一方面，当我看到周围那些比我更蠢却不自知的人，我不由得怒火中烧，以至形如斗犬，只要听到他们说话便要出口驳斥而不问就里。而出口说完之际，我又总是感到后悔，总之，我忽高忽低，忽上忽下，头脑混乱，自相矛盾。

很多俗话对我不适用，比如：我就弄不清“万事开头难”是什么意思，也不知难在哪里，我只知万事从零开始，一如我的近况——1999年4月里的一天，我正在读一本美国人保罗·福塞尔所著，名为《格调》的讲美国社会等级与生活品味的书，忽然电话铃响起。

我得说一下电话在我生活中所具有的意义，由于没有所谓正式工作，我的生活来源全部仰仗那部放在写字桌上的电话，电话一响，对于我的生活来讲，无非两件事上身——套用经济学术语——生产或消费。所谓生产，便是有工作上门，写剧本或是文章，于是手工作坊顿时开业。所谓消费，便是朋友们耐不住各自的寂寞，蠢蠢欲动，要求聚会，当然，聚会是要花钱的。电话生涯看似过得去，其实很被动，这个结论是我翻看《格调》得来的。起初，我也错认为自己的生活天马行空，很是自由，但《格调》告诉我，像我这种无产文人生活实在格调低下、俗不可耐、惨不忍睹——就如同书中最后一章“冲破常规的另类人”一样。

我拿起电话，原来是《北京文学》的编辑兴安打来，他正着手编一部丛书，选了六名男女作者分写六本小说，我有幸负责其中一本，十五万字，时间有限，只有两个星期。

于是我放下电话，扔开《格调》，打开电脑，冲好咖啡，然后搜索枯肠，从无药可救的个人经历与学识中苦苦追忆，看看其中能否炮制出一个值得出手的故事。

我说过，无产文人生涯格调低下、俗不可耐、惨不忍睹，这话可能要让某些人看不顺眼，但这是我本着理智与诚实两条原则分析总结而得出的结论，原因很简单，那就是文人有求于社会。文人讲话，希望别人听到并有所反应，自由文人是社会的“业余者”，总以业余身份参与社会活动，这很合乎欧美上层阶级的行为准则，似乎很有格调。不幸的是，文人的“业余者”的身份是被迫的。况且，根据“无用即美”这一原理，文人工作一旦有用，美即立刻消失，丑便找上门来，这种所有文人皆能倒背如流的大道理不知是否合用于文人本身？保罗·福塞尔在书中并没有告诉我。

我的观点：热爱自由、追求真理等等行为应归于个人爱好，甚至隐私。如果有人在做这些工作，最好放在业余时间悄悄进行，如果能做到东躲西藏、偷偷摸摸，以至神不知鬼不觉，那就是最好，最有格调。因为诚实地讲，只有那些东西才配得上那种不引人注目的方式，而且就我所知，从古至今，世上了不起的人都是这么做的。

我的小说以此开头，想必令人惊诧不已，但凡事必有开头，以现实开头总比说些不着边际的话要来得诚实，这也是我的个人观点。读者在往下读我小说时请不要忘记，我对自己的写作是何种态度。当然，以此态度作出的小说有无阅读价值也请读者明察。

我要说的是，我不喜欢这个世界，对它了解越多就越不喜欢。

我要说的是，我不喜欢我的生活，我曾想使用“怠工、逃跑、毁坏劳动工具”等手段离开我的生活，不幸的是，我即使从马克思的书中也未找到那些奴隶在如此这般之后的最终去向。

我要说的是，我所写的故事来源于现实，却又与现实格格不入。

我要说的是，我自认为是一名格调真正低下的作家。

我要说的是，我生于北京，喜欢北京，希望北京更好而不是更坏，于是，我写北京。没有人要求我这么做，我是自愿地为北京而写作，我生就如此，活该倒霉，因为除此之外，我简直无法找到任何可做的事情。

以此代序。

1

那是很久以前的事了，到底多久？我弄不清，反正都一样，每一天都是那么无聊，如果要能弄清无聊和无聊之间的差别，我想我就能分清一天和另一天的差别，一年和另一年的差别。可惜，那是异想天开。

新生活是从哪一天开始的？我记不起。我只记得，不知从哪天起，我换了一批新朋友，于是，便有了所谓的新生活，我指的是，一直延续到我现在的这种生活，我是指，碎片。是的，那是碎片，五颜六色，闪闪发光，而凑上前去仔细观看，却是一些没用的渣滓。我是指我的生活。

我的生活集中在北京，我生于北京，随父母几次搬家，从宿舍到胡同大杂院，从大杂院到筒子楼，从筒子楼到居民楼，从北城到南城，从城里到郊区，总之，是在北京城里兜圈子，有一天，我算了一下，三十岁之前，我离开北京的时间加起来不过半年。

我喜欢北京，从心底里喜欢，简直可以说是住也住不厌，看也看不完。我很少真正想过要离开北京。离开它，我去哪儿呢？

北京的很多街道我都走过，我十六岁时走过的西单现在已今非昔比，菜市口大街已经完全推倒重建，更不用说如同戏法一样变幻的王府井大街，也许，北京这十几年是世界上最繁忙的工地，北京人热衷于一遍遍地把道路和房屋拆了建、建了拆，以此表明这个城市充满活力。从父母家书架下面的相册里，我可以看到我五岁时站在天安门广场上，面对我父亲向我举起的海鸥牌相机所作出的表情，可是，那个人是我吗？

北京的街上，永远车水马龙，川流不息，即使到了夜里十点以后，二环路上的汽车也是首尾相接，北京真是一个大城市。

大城市，一条条宽阔的带有路灯的大街，一个个夜里也能闪亮的巨型广告牌，一幢幢气派的大楼，逛也逛不完的超级市场，红灯、绿灯，还有——人，很多人，各式各样的人，行人，醉鬼，演员，公司职员，小商贩，吸毒者，罪犯，工人，外地的漂亮娼妓，农民，军人，运动员，甚至还有哲学家。

2

有人告诉我，一个人，一生中应有一个属于自己的工作，对于此人，只有这个工作才是真正的工作，只有这个工作才是此人存在的借口，也可以说，此人应以这个工作得到存在这一报酬。

不幸的是，这个人并没有告诉我，我的工作是什么，于是，我的存在便失去意义。

当然，这没什么了不起的。

3

1994年，由于一次偶然的机会，我认识了几个新朋友，其中一个叫大庆，是个导演，认识我的时候，他正筹拍一部二十集的电视系列剧。我随大庆一起在他家中看了几部电影，通过观看，他把一些关于编剧的知识一股脑儿倒给了我，随后我又从他们家抱走了几十期《世界电影》，这是一本上面登有外国电影剧本的月刊，我一本本读下去，居然也就写起了剧本。于是，我辞了手边的工作，摇身一变，成为编剧。

转眼间，我一口气写了十几集的电视剧本，由于制片人回本心切，这部戏眨眼间便拍完，接着就进入发行，没过多久，全国的电视台就开始一集集播放起来。终于有一天，我在电视里看到我的大名赫然著于编剧一栏的后面，虽然接踵而至的一集电视剧叫我汗如雨下，如坐针毡，但事情就是这样，这部戏一集集播完，顺理成章，我又接到约稿，开始写下一部戏。

现在还记得一些大庆给我看的片名，有法国贝内克斯的《三十七度二》，有昆廷·塔仑蒂诺的《水库狗》，有菲利浦·考夫曼的《亨利和琼》，有吉姆·贾穆什的《地球的夜晚》，中国电影有杨德昌的《牯岭街少年杀人案》等等，补充说明一下，时至今日，在我看了上千部各种电影之后，我仍然认为这些电影值得一看。

顺便介绍一下大庆，此人个子不高，他女朋友吴莉如果穿上高跟鞋，他就得踮起脚尖，两人才能做出相亲相爱的动作，我是指接吻。当然，大庆与吴莉从来没有当众表演过这种哗众取宠的丑行。大庆上学时的外号叫“钩针儿”，可见他瘦得可以，不过现在却长得白白胖胖，但两条细腿却依然如故，站在那里活像是两根竹竿上挑着一块猪油。平日里他戴一副眼镜，眼镜不慎摔碎时立刻目露凶光。

4

编剧生涯，一点准谱儿没有，今天还在大鱼大肉，大把花钱，明天就两手空空，四处举债。由于工作时间地点都不固定，有剧本写时忙得恨不能四脚并用，没有时又闲得要死，整日无所事事，因此生活极不规律，两年下来，身体变得坏得要命。

老朋友成家立业，事业有成，渐渐与我断了往来，只在逢年过节打个电话，新朋友几乎全都自由职业，基本从酒桌上认识而来，来得快，去得也快，大多数时间是自己跟自己在一起，逛书店，买录像带，在家做饭，酒吧嗅蜜，如此而已。

1995年是过渡期，对于那个浑浑噩噩的年份，我的记忆只停留在一些小事上，诸如赌博失利、一夜情之类，到了1996年，我已习惯这种生活，用四个字形容，叫做支离破碎。

这种生活烂透了。

1996年整整一年，因为种种原因，我没接到半个剧本，生活拮据得无以复加，汽车也卖掉了，以至于精神上也日渐颓废，过一天算一天，爱谁谁。

5

在梦里，经过一番搏头，我还是被一只浑身花斑的南美大蜘蛛吃掉了，听到自己骨头碎裂的声音之后，我手脚冰凉地醒来，翻身的当口，把辛虹撞醒了，她头也不回地对我说："大麻抽完了。"

我从床上爬起来，一丝不挂地坐到沙发上，拿起放在茶几上的杯子，喝了一口昨夜剩下的残酒，把头靠在沙发靠垫上，眼睛望向窗外。窗外，深蓝色的夜空像要自己飘走一样。我闭上眼睛，感到太阳穴在跳动。

辛虹是我三天前的一个夜里从三里屯一个叫"翼"的酒吧领回来的三陪，回来时喝得烂醉，第二天晚上才睡醒，醒后浑身滚烫，说自己发烧了，我给她到药店买了一瓶退烧药。又过了一天烧退了，起来后我们一起做了一锅方便面，她吃完后打开电视，边看电视边把一瓶龙徽干红喝光了，并且和我一起把我的最后一块大麻抽完。后来她给我讲嫖客的故事，讲了四个嫖客以后便又睡去了。

6

我叫出租车停在亚运村11号楼下，然后走进楼洞，坐电梯上到八楼，出了电梯往右拐，走了三米后来到朱玲的门前，我敲了几下门，里面传来朱玲的声音，接着是她的拖鞋声，门开了，朱玲站在我面前。

“进来吧。”她说。

我进了门，坐到沙发里。

“大麻没了。”我说。

朱玲给我端来一杯茶：“你先喝口茶吧。”

我伸手接过茶杯，喝了一口，把身体尽量往沙发里沉下去。

“怎么了？”朱玲问我。

“没什么。”

“情绪那么低落。”

“谁知道——一直这样。”

“这样不好。”

“是不好。”

“你还有钱吗？”

“有。”

“姑娘？”

“有。”

“原来是这样。”

朱玲笑了。

“你笑什么？”

“我觉得你挺有意思。”

“有意思？”

“是，有意思”

“朱玲。”

“啊？”

“谢谢你。”

“谢我？”

“当然。”

“为什么？”

“你帮我买大麻——”

“这没什么，顺手的事儿。”

“可我什么也没干——天天待着。”

“那不挺好嘛——总比干坏事强。”

我低下头，不知说什么好。

朱玲去了一趟厨房，回来时手里多了一个小信封，她递给我。

我接过来，捏了捏，信封里是一个小塑料袋，里面是一小块大麻。

我把它放进兜里。

然后，我开始一小口一小口地喝水。

朱玲看着我。

“朱玲。”

“啊。”

“本来我不想告诉你——”

“说吧。”

“是坏事。”

“没关系。”

“我和辛虹在一起，她是我从三里屯带回来的一个姑娘，有性病，昨天夜里，我喝多了，跟她睡觉，没戴避孕套。”

“你干吗不早说？”

“刚想起来的。”

“那快去医院吧。”

“我一会儿去。”

“现在就去！”

朱玲急了，她三步并做两步，冲到门前，把门拉开：“快走。”

我看了她一眼，站起来。

“那我走了。”

“滚蛋。”

我走了出去，门在后面被重重关上了。

我靠在门上，吓了一跳，我突然感到有点害怕。

7

朱玲是我在“硬石”认识的，那时候是1994年，我二十六岁，刚刚开始写剧本，剧本的活儿时有时没有。有剧本写，就有钱花，就高兴，就能跑到外面混；没剧本写，就没钱，就不高兴，同样也要跑到外面混。总之，无论发生什么情况，我和我的一班朋友天亮入睡，下午起床，聚在一起，往往一顿晚饭便吃到太阳落山，然后一起熬过漫漫长夜，直至天明。

8

在夜里，比起一个人孤零零地面对电脑，或者一本本不知所云的书籍，我更愿意与别人在一起，无论那是些什么人，无论他们是好是坏，那是在1995年。

不用说，我那时陷入难以言喻的苦闷之中。

但在白天，我宁可睡去，即使吃上一百片安眠药我也要在白天睡去，白天是那些浑浑噩噩的家伙的天下。在白天，他们穿上西装或便装，她们描上红唇或画深眉毛；他们刷好牙齿，把脸洗净，装出一副无所畏惧的样子冲出家门；他们压抑着卑劣的念头走上大街；他们作出一个个计划，他们实施一个个计划；他们生产、交换、消费；他们控制别人，他们摆脱别人的控制；他们积极向上；他们是这个破烂不堪的城市的发动机，他们让这个臭气熏天的城市在人海里航行而不至于沉没；他们奋力改变自己的社会地位和经济地位，他们随着成功或失败，或沾沾自喜或垂头丧气；他们给自己理由，给自己借口，让自己存在，让自己有价值；他们在阳光下庸庸碌碌——一句话，他们在挣扎着，那一副副辛辛苦苦的尊容足以叫人肃然起敬。他们是那些正常人。

而当路灯亮起，咖啡店开门迎客，酒吧的霓虹灯开始招摇闪烁之际，正常人便纷纷从他们的岗位上鱼贯而出，返回家园，他们拧亮电视，听听里面的胡言乱语，他们吃晚饭，与家人一起谈论工作的艰辛、待遇的不公以及各种生活琐事，与此同时，北京这座城市猛地撕下面具，刹那间露出另一副面孔。

我喜欢北京的另一副面孔，我喜欢看电影院里情侣嘴里讲着甜言蜜语，手里却做着下流的动作，我喜欢看迪厅里怪异的着装和扭曲的形体，我也喜欢看酒吧里那些一言不发的孤独者苦捱时光，我还喜欢在饭馆里看人相互吹牛、讲大道理，我更喜欢看妓女们浓妆艳抹，去骗取嫖客的金钱与欢心——这些夜里的景致一再上映，我则不厌其烦地一再观看。

于是，我扔掉手里的书，熄灭烟头，忍住从胃里泛上来的阵阵恶心，跳下床，披上衣服，装好钱包，走出家门，去观看那些被黑夜撕碎的碎片。我麻木不仁，无聊至极，但我也因此而能忘掉孤单，忘掉自己的痛苦，不再想生活是否真正有意义。

9

朱玲是大庆介绍给我的。有一天半夜十点钟，我和大庆一起在他家边听卡拉斯唱的《蝴蝶夫人》，边讨论去哪里混，时常有人打电话来，问我们去不去这儿，去不去那儿，可那天我们不知为什么对那些人和地方不感兴趣。卡拉斯听完，换成贝多芬早期四重奏，然后换成老古尔德弹的带着哼哼声的《哥德堡变奏曲》，然后换成齐默尔曼弹的《莫扎特第2钢琴奏鸣曲》，越听越无聊。听着听着，有电话响，大庆接了电话，说了几句行行行好好好之类以后，便毅然挂了电话，关掉唱机，拾起外套穿上，顺手把灯关掉，黑暗里，我听他对我说：“发你一姑娘怎么样？”

“发我十个吧。”

“滚吧！”

我们俩迅速出门，上了一辆出租车，大庆对出租司机说：“硬石。”

10

“硬石”位于亮马河大厦，是个可以在里面吃饭喝酒蹦迪的地方，还有马来乐队伴奏，有歌手唱美国通俗歌曲。那天晚上，我们在里面遇到三个姑娘，其中的一个是朱玲，那时候，她三十出头，即使在舞池里跳舞也戴着一副小小的墨镜，样子看起来不错。第一次跟她上床距我们点头见面不过两小时，我躺到她床上时却已醉得不省人事。

我喝醉时有个特点，就是别人根本看不出来，即使醉得天翻地覆我也能行走如飞，还能认路，正常与人对话，唯一表明我喝醉过的迹象就是我对醉时发生的所有事情一概忘得干干净净。

朱玲结过婚，老公原来是个走私的，认识我的前一天，他终于一命归西，是因为抽白粉，他给朱玲留下一大笔钱和一身脏病。

这些，都是朱玲在以后的日子里断断续续告诉我的。当晚，我睡到她身边，帮她摘下耳环，除下墨镜，她提醒我，要戴避孕套，完事以后要洗澡，要仔仔细细地洗，不能马虎。

她对我说：“你现在是小孩，什么都不在乎，那是因为你什么也不知道，以后什么都知道了，就什么都在乎了。”

据说大醉的我如此对答：“我才不在乎呢！”

11

据说，正是那句酒后之言居然让朱玲非常感动。

感动的结果是我没有料到的。过了几个月，一天夜里，我正在灯下硬着头皮翻看一本晦涩难懂的电影符号学方面的书，电话铃声响起，我接了电话，原来是朱玲，她正在我楼下，通过电话，我听到她对我说“生日快乐”，我这才想起，当天是我二十七岁生日。那天朱玲进来，送给我一瓶香槟酒，我们就在我屋内，一杯一杯地把那瓶香槟喝得一干二净，随后，我迷迷糊糊地睡去，朱玲坐到我的电脑前，一页页翻看我写的剧本小说，就那样一直看到天亮。我醒来后，朱玲果断地对我说：“你应该好好写，不该胡混。”

然后，根据她的建议，我收拾了一下换洗衣物，又从书架上拿了几本常看的书，然后把那些东西搬入朱玲的那辆日产马自达323型轿车，据朱玲介绍，那辆车已在她的停车场放了一年之久，如果她不开开，迟早会变成一堆废铁，于是我便坐上她的汽车，来到她家，过起了所谓“干干净净的写作生活”。朱玲为我腾出一个书房，她整日忙着准备一顿又一顿的早餐、午餐和晚餐，并轻手轻脚地端到我的桌上。

那一段时间，我过得可算是简单，除了写作，什么也不想，夜里闷的时候，我便与朱玲一起外出兜风，我与她往往一言不发，开着车，驶过一条条寂寞的街道。过了几个月，我写成一部二十万字的长篇小说，朱玲看过，十分满意，我便送到出版社，那是1995年的9月。然后，朱玲去了美国，她有一个老朋友在那里发迹，仍记挂着她，愿意娶她为妻。

临走时，她把门钥匙递给我，对我说：“我也不知道这一趟回不回来，你要愿意，就住在这儿吧，电话费、水电费我已和物业管理算好，你不用操心。”

我把钥匙还给她，说：“我不用。”

我记得朱玲收回钥匙时，眼中竟露出一些伤感，她摸着我的头，对我说：“你长大了。”

朱玲在情感方面教会我很多东西，比如：不自我欺骗，敢于面对自己最无耻的念头，敢于行动，过后说实话。我与朱玲最好的女朋友偷情事发，她并没有对我大喊大叫，而是告诉我，说我以后还会有很多姑娘，但不一定能碰到真正合适的。

有一天，她让我管她叫姐姐，她说，如果我叫了，那么以后就不再与我发生性关系，如果我叫了，她会真的像姐姐一样关心我。

我没有叫。

我当时喜欢与她发生性关系，我那时非常迷恋与岁数比我大的女人之间的性关系，她们往往动作下流大胆，忘乎所以，我喜欢看她们下床以后的正经样子，我还喜欢回想两者之间的差别，我认为那简直太棒了！

朱玲还教会我一些别的东西：做意大利面条，说下流话，用口红在镜子上写留言条，对人真诚，花钱大方，买合身的衣服穿，遇到倒霉事不抱怨等等。

还有，她始终要求我工作，写剧本，写小说，写诗，写一切可写的东西，不管那些东西能否换来金钱。她说：“你会写东西，就是在人世间有了一个像样的工作，千万别丢掉这个工作，不然，你在人世间就会变得一无所有，一无所有地来到世间、再一无所有地离去是不好的，像我一样。”

直到现在我也一直认为，她是一个难以置信的女人。

12

出了朱玲家，我走下楼梯，上了出租车，一直开到一个医院，医院那样的地方我不熟，因为不常来。我曲曲折折挂了号，买了病历本，来到泌尿科，接待我的竟然是个女大夫，她问我："怎么了？"

我却不知该怎么回答。

她又问："你挂号条呢？"

我把挂号条交给她。

"你是——"

"我和一得性病的姑娘睡过觉——"

"没戴——"

"没戴。"

"她是什么病？"

"我也不知道。"

"你有什么不舒服吗？"

"没有。"

"什么时候——"

"昨天夜里。"

"这样吧，你把那个姑娘带来，我先问问她什么病，很多性病有潜伏期，现在我也不知道你得了什么病——先去做个化验吧，抽点血，然后——"

按照女大夫开的小条，我怀着忐忑不安的心情做了一些必要的检查，其过程让人难于启齿。终于混过那段时间，我从医院出来，钻进车里，不知自己该怎么办。

女大夫告诉我，一个星期以后取化验结果。

13

我回到家，辛虹已经醒了，正在看电视。

我坐到她身边，把大麻掏出来，扔到桌上。

辛虹看了我一眼："干吗去了？"

"出去弄点大麻。"

"是给我弄的吗？"

"你想抽就抽吧。"

辛虹开始制作大麻烟卷，她打开信封，取出塑料袋，从里面取出一块大麻，用水果刀切下一小块，然后拿出一支烟，把里面的烟丝倒出来，和大麻掺和在一起，重又塞进烟纸里，她点燃，抽了一口，递给我。

"你先抽吧，我待会儿。"

"你吃饭了吗？"

"没有。"

"你冰箱空了。"

"我知道。"

"我瘦了，一天没吃东西了。"

"一会儿出去吃。"

辛虹看看我，又把头扭过去看电视。

一会儿，她又扭过来。

“你怎么了？”

“没事呀——”

“你昨天可不是这样的。”

“有点累。”

“我想起一件事——”

“什么？”

“今天我姐们儿过生日，咱们不用吃饭了，我一会儿呼她一下，看她有什么动静。”

“行。”

我点上一支烟，看着辛虹的脖子，她的脖子又细又白又长，非常漂亮，这是她身上最漂亮的部位。

辛虹回过头来，“我跟你说过吗？”

“什么？”

“你这儿真舒服。”

“没说过。”

天色渐渐暗了下来，直到完全漆黑一片。

我和辛虹一直在看电视，新闻联播，电视剧，广告片，专题节目，平均每隔五分钟换一下台——快八点半时，辛虹站起来，抓起电话，呼了一个号，刚放下电话，不到片刻，电话铃就响了。

辛虹拿起电话：“阿梅吗？今天生日吧——想怎么过？大Party，太好了，在哪儿？还没定呀，那我就等着——行，到时候叫我一声，我就在这个电话边上——对，和他在一起——没乱搞，看电视呢——”她忽然扭头，“你去吗？”

“无所谓。”

“去吧，去看看。”

“行。”

她又转向电话："他去，行，我等你电话，别忘了我啊——"

她放下电话，长长出了口气："晚上总算有事了。"

"你不去歌厅了？"

"你没看见吗，今天有事儿，我姐们过生日——"

14

我们坐上出租车，那辆车一上去，司机就说快没油了，于是先到东单加油站加满了油，然后转回长安街，向西一直扎下去。辛虹坐在我旁边，出租司机不断地一盘接一盘地换着磁带听，没有一首歌能听完，最后总算找到一个拼盘听了起来，是老狼唱的《同桌的你》。

我一言不发地坐辛虹旁边。

"你是不是不高兴？"

"没有啊——"

"那你干吗不理我？"

"没有啊——我看外面。"

"以前你可不这样——是不是跟你睡完觉就烦我了，要烦我，说一声，我自己走。"

我突然说："你自己走吧——"

"怎么了？"

"我有点不舒服。"

"哪儿不舒服？"

"我想回家。"

辛虹突然喊了声停车，车未停稳，她便拉开门走了出去，又"咣"地把门关上："神经病。"

司机一脚油门，我回头张望，转眼间，辛虹就从后挡风玻璃中消失了。

15

又是无数的美丽的人头从天上飘落，她们是一些未知人事的少女的头部，眨着漂亮的眼睛，然后掉到地上，有长发的，有短发的，有结着发带的，有戴着发卡的，全都那么可爱，我低下头，看到那些人头在地上四处滚动，我听到叹息声，听到尖叫，听到歌声，还看到泪水——我从梦中惊醒，抬起头，看到床头柜上的时钟，正是深夜十二点整。

朱玲对我说过，不要与三陪混，万不得已也不要去，她们太脏不说，还麻烦。

朱玲说得很对，但我并不总是听朱玲的，因为她是她，我是我。

我不怕脏，也不怕麻烦，但我怕独自一人，怕没有地方去。

深夜十二点醒来这件事对我来讲，简直无法忍受，因为我独自一人，因为无处可去。

我想再次睡去，但又怕做同样的梦，我感到头痛，恶心，身上还出汗，我睁开眼睛，一会儿，我又闭上眼睛，再一会儿，我又睁开眼睛，不久，又闭上，反反复复，直到天明。

天明以后，我下床洗澡，然后煮热咖啡喝，喝完咖啡，再次洗澡，然后回来再次喝热咖啡，这样做的原因是想让自己清醒，但清醒之后，我又感到无聊，人在无聊时很容易疲倦，而要想从疲倦中摆脱出来，最好的办法莫过于睡觉。于是，我拉上窗帘，爬上床去，盖上被子，安然睡去。

16

辛虹走后的一个星期我心绪不宁，我接的一个描写电脑的情景喜剧也因我写作态度不端正而作废，制片人换了别人来写，本来因为剧本讨论、开会、吃饭、写提纲等琐事还能叫我有一种忙忙乱乱的感觉，然而，然而——就像电影中的换场，仿佛只用了一秒钟，一切就从天而降，当我清醒以后，我突然发现自己正独坐家中，口干舌燥，窗帘外面是闪亮的阳光，地板上堆满了唱片、录像带、烟灰缸和吃剩的薯片空筒，此外围绕着我的是一片寂静，没有声响，没有人，没有电话，没有事情，没有现在，也没有明天。

真讨厌。

我打开写字台边上的抽屉，里面还有大约两百元，这是我现在所有的钱，我把那两百元放进空空的钱包，然后打电话给电视台的一个制片人，催他快些结账，他支支吾吾，于是我就不断地打出电话，不厌其烦地找到各个与结账有关的人，终于，两个小时后，我可以去台里领取我的最后一笔五千元稿酬。我带上身份证，来到电视台，开了进门条，经过一系列周折，领到酬金，然后给大庆打了一个电话。大庆此时正在家里睡觉，通过电话，我听到他用含混不清的声音嘟噜了一声“过来吧”。我挂断电话，出了电视台，坐上一辆出租车，来到位于航天桥附近的大庆家，他打开门，然后钻回被窝，继续蒙头大睡，我听着他的呼噜声，坐在他的双人沙发上，看着他的闹钟一秒一秒地走动，看了几圈，便进入了梦乡。

17

我喜欢找大庆，有事的时候找他，没事的时候也找他，大庆也不喜欢一个人待着，宁可整夜夜不归宿，与我，还有其他一些朋友待在一起，他管那叫“耗着”。

于是，在我们都无所事事的时候，就聚在一起耗着。起初，我们聚在一起谈论电影，谈论施隆多夫，谈论马丁·史高西斯，谈论伯格曼、费里尼或塔尔科夫斯基，然后我们谈论海德格尔，谈论波尔，谈论尼采，谈论利奥塔，谈论所有那些时髦的作家，谈论他们的作品及人生，当发现一切都是纸上谈兵，与我们没有任何关系的时候，我们就改成谈贝多芬，谈梅西安，谈贝里尼，然后话题转到毕沙罗、达利或是米开朗基罗身上，当然，他们与我们也没有任何关系，因此，最终，我们谈无可谈，就围坐在一起干耗。

一干人中，只有大庆有一个固定女朋友，她在公司上班，叫吴莉。吴莉工作很忙，而且与大庆的生活习性刚好相反，大庆睡觉的时候，她上班，当她回家睡觉时，大庆却要出门了。

然而，在大庆的情感生活里面，吴莉却是站在一个制高点上。大庆的天性里，喜欢各种各样的姑娘，但他无法离开吴莉，他的头脑在想到与吴莉的关系时最多想到分手，但再往下想，分手以后的吴莉会再有新男友，这个念头简直就能要大庆的命。因此，在外面混的大庆往往在姑娘方面无所作为。

我个人认为，大庆的生活方式值得羡慕，简直可以用贝克特《等待戈多》里的一个人名来称呼他——幸运儿，没错，他是个出污泥而不染的幸运儿。

18

顺便提一句贝克特，此人是我比较喜欢的一个作家，他是一个爱尔兰人，世人对他的认可可用1969年的诺贝尔文学奖来概括，在他最悲惨的几年中，他曾靠他的情人做苦工挣来的钱生活，为了摆脱乔伊斯对他的影响，他竟用法语写作，他主要的作品，包括《莫洛伊》、《马洛纳之死》、《无名的人》和《怎么回事》四篇，这些作品千篇一律，枯燥乏味，充满独白与呓语，主人公一律完全无药可救，如同他自己。据说他总是在大醉中奋笔疾书。世人开始对他真正关注始于他的一部前面提到的话剧《等待戈多》，因为这部话剧，贝克特的生活得以改善，并以话剧的形式把自己的小说重复了一遍。然而不幸的是，世人仅仅对他的话剧感兴趣，而把他的小说扔到一边，实际上，他的话剧比起他的小说来，可以说是拙劣透顶。

贝克特说过：没有什么比不幸更可笑。

贝克特还说过：人生的唯一内容就是沮丧。

我喜欢《无名的人》，整部小说是由一个莫名其妙的生物叙述，他被命名为“马胡德”，叙述者双手放在膝上，坐在一个水缸里，没有行动的能力，他的脑袋是一个大而平滑的球体，没有面部特征，他的眼睛又像是含着泪又像是充着血，他没有鼻子，看不出是男是女，没有毛发。

像贝克特笔下所有的人物一样，马胡德的需要和痛苦来源于一点，那就是说话，他必须不停说下去，他是为解脱说话带来的苦难而说话。他叙述的内容有零零星星的知识和信息，比如他的出生地，比如关于上帝、关于罪与赎罪、关于母亲等等。还讲些断断续续的故事，比如关于他生活在某饭馆门外的一口缸里的故事等等，小说最后一个句子长达一百二十页。

贝克特是个彻底的悲观主义者，他的一生用尽全力所做的事情便是把他的悲观情绪讲给别人听。他毫无希望地讲着，他想象中的听众自然也是毫无希望地听着。一切都毫无希望。在他不着边际的叙述中，你无法确定任何东西，主人公没有前因，也没有后果，没有时间，也没有地点，更没有所谓的主要事件、人物关系，主人公似乎在做着什么，又似乎没做，总之，一切都混乱不堪，叙述就在这种混乱不堪中坚持不懈地进行着。总体看来，他在小说中要表达的事情只有一件，那就是没有事情发生，什么也没有发生，既然没有发生什么，当然，事情也就无从谈起。

我喜欢贝克特的胡言乱语，是的，只有胡言乱语是对的，除此以外，别的简直就是不知所云，不着边际。贝克特喜欢在静止中存在，像我现在一样，倒在大庆的沙发里沉沉睡去，我的身体与我的感觉静止于某一刻，徒劳而又悲观地静止在那里，任凭夜幕席卷而至。

是的，贝克特是对的，一切都没有发生，而且是接二连三，以至无数次的一切都没有发生。

妈的，这是绝望啊。

19

我和大庆是让吴莉叫起来的，其时已是晚上九点多钟。吴莉穿一身上班族的套装，肩上还挎着一个小包，她拉亮电灯，叫醒我们，然后踢掉高跟鞋，把脚搭在茶几上，点上一支烟说："忙了一天，我还没吃饭，咱们到哪儿去吃？"

大庆此时便从床上一跃而起，挥动白胖的手臂："随便，随便，都行，都行，你说，周文，去哪儿？火锅？川锅？湖北菜？还是西餐？"

20

我喜欢与大庆和吴莉在一起，无论是吃饭，还是逛书店，还是在专卖店等吴莉试衣服，还是站在街头四下张望。我们三人出行的特点是，三个人都不怎么说话，尤其是在吃饭的时候。

在吃饭时，大庆和吴莉不怎么说话是有原因的，因为两人都特能吃。吴莉吃起东西来速度极慢，但很匀，从头吃到尾，中间不停顿；大庆是猛吃一会儿，停一会儿，哼哼几声，接着猛吃；我则是东吃几口，西吃几口，抽一支烟，再抽一支，见他们两人不停，就拿起筷子，再吃。

如此这般。

可以想见，我们三人来到位于美术馆东面的"随缘"坐下以后是一个什么情景。

蚂蚁上树吃完了，尖椒腊肉吃完了，剁椒鱼头吃完了，炸小鱼吃完了，腊肥肠吃完了，最后什么都吃完了，十碗米饭也吃完了。吴莉使劲睁开惺忪的睡眼，对我们说："累死了，天天加班，明天还得早起，我先回去睡了，你们待着吧。”

说罢，像推开某种障碍物似的，顺手推开大庆佯装关心而伸过去的手，打着哈欠离去了。我和大庆面对一桌脏得可以的杯盘碗碟，一时竟无语凝噎。

21

与一个人在一起无话可说并不可怕，特别是在两人都不知说些什么的时候。可怕的是另一种情况，那就是本来无话可说却偏要说，这种情况不仅不妙，简直十分讨厌，但其中也有例外，挑一个随便讲讲，不嫌烦的话，你就随便听听，当然不可能有什么新鲜的。

22

我有一次恋爱发生在十七岁暑假的最后一天晚上，那天晚上我读了一本美国畅销书，作者名为西格尔，书名叫做《爱情故事》，那是一本中英文对照读物，谁知竟让我走火入魔，英文那一半我几乎没看，一气读到夜里三点钟，合上书后流下了不值钱的眼泪。

第二天到学校报到后我就直奔位于六部口的北京音乐厅，想找一个又聪明又漂亮的学音乐的女孩当老婆，此种异想天开的举动说起来简直难以置信，不幸之处在于，我果真找到了。

那天中午我在街上的一个小饭铺买了三两饺子，吃罢直奔音乐厅。我兜里倒是有点钱，那点钱的来历是这样的，在我父亲交给我学费的一瞬间，我忽然一拍脑袋，对他说：“爸，我忘了，书费不是十五块，是二十五。”

我父亲抬起头来，用怀疑的目光望向我，我连忙补充：“可能是书涨价了。”

这样，我得到了在当时的学生来说相当多的一笔钱。

从中午开始，我站在音乐厅门口，把那个月要演出的场次和剧目背得倒背如流，连我从没听说过的指挥之类都没放过。六点半左右，人开始来了，我坐在靠边上的台阶上，等着我心爱的老婆到来。事情的结果出现在我当晚写的日记中：

“前来欣赏钢琴独奏的人中，漂亮的单独前来的女孩竟然一个也没有，无法下手……整个下午连同晚上，我就像一个货真价实的社会渣滓，在音乐厅门前的停车场上荡来荡去……我感到无聊……我很紧张……花了一块钱买了香烟和汽水……第一句话该怎么说一直没想好……门卫可能已经注意我了……”

但不要以为这样就可以拦住十七岁的我，十七岁的我，朝气蓬勃，头脑会因一段被称之为感人的文字而发热，心也会为某种被称之为浪漫的情感所激动。所以，第二天放学后，我又去了，结果再次失望而归。

失望而归的结果当然是欲罢不能，不肯死心。十七岁的我认为，文字与现实同属存在，而且一样有效，一样可靠，显然，那个十七岁的我荒谬绝伦，不可理喻。但十七岁是个厉害的年龄，厉害之处在于，敢于想象的同时，也敢于行动。

于是，第三天，我照常出动不误。

同样的过程持续了大约有三个星期，每天放学后，我都跑到音乐厅门口孤独地等待着我想象中的老婆，她多次出现在人流中，叫我一次次产生出难以名状的激情和想象。大多数时候，她和一位我认为不适合作我老婆的女孩结伴而来，令人沮丧。

从第三个星期开始，到音乐厅门前等我老婆这件事终于成了我的执拗行为，如果我不能从人丛中把她弄到手，那么我会一辈子站在音乐厅门口，我想在当时、在这件事上我是下了决心的。

在那个门口待久了，我竟然发现了一个可以和人说话的机会，那就是卖望远镜。我在西单花了六元钱买了四个望远镜，当天晚上就卖光了，赚了四元钱，再往下一天，我卖掉了十二个，一直到那个学期结束，除去花销，我竟然净赚了三百二十四元钱，在当时，这可是个大数目。

来音乐厅听音乐的漂亮女孩并不是很多，其中一些是固定的，我给她们分别编了号，起了名字，可惜的是，我老婆并不在名单之列。

名单中有一个女孩，排在第四号，眉心有颗美人痣，是个粗心大意的人，因为她每隔几次都要到我这里来买一个望远镜，也不知她要那么多同样的望远镜有什么用，总之，她给我留下了很深的印象。她总和一个穿军装的家伙结伴而来，那个家伙身高体壮，但声音温和，每次付钱时都是真心而愉快的。

排在第二号的女孩，总和她妈妈一起来，她妈进门时总对她说一句相同的话：“快去上厕所，一开始就来不及了。”

半年时间说话就过去了，那是在1985年，北京音乐厅刚刚建成，听古典音乐在当时颇为时髦，误打误撞，我知道了世上还有古典音乐这回事，当然，我时常能够从票贩子手里获得他们砸在手里的门票，进入音乐厅。我在里面听到不少音乐，还知道了一些现在人所共知的臭了街的名字，比如贝多芬、莫扎特、巴赫等等，加之那个时候我特别爱读名人传记，因此，这些名字在我眼里便有了更多的内容，比如，我知道莫扎特在大瓢底时写出的音乐竟然与他有点钱时没什么区别，贝多芬一生不曾操过一个小妞，巴赫的平均律中的和声和对位要用到数学，甚至还知道，从古希腊一直到中世纪，音乐竟然是数学的一个分支。总之，那一时期，我对书本知识十分好奇，书中提到的各种稀奇古怪的东西统统照单全收，并且时常为之啧啧称奇。

寒假期间，音乐厅进入淡季，一星期只有两场演出，但姑娘中来了不少新面孔。一个下雪天，我通过望远镜，在夜色里看到我老婆出现了，她东张西望地往前走，长得叫我为之怦然心动，明显的表现是，我在迎上前时摔了一跤，刚巧摔到她脚下，她绕开我，继续往前走，我爬起来，紧跟过去。她直奔售票处，在那里询问了半天，脑袋差点扎进那个售票的小窟窿，最后失望地转回身来，正和我撞个满怀，我抓紧时间，几近疯狂地问道：“要票吗？”

她点点头。

我摊开手：“我也没有。”

她连“神经病”都没说就从我身边走开了，把我身上背的书包撞得响了起来，当时里面足有十五个望远镜。

我看见她一晃三摇地穿过人群，向音乐厅的小门走去，我急忙追上去，在她前面挡住去路，挡的非常不是地方，正是门口，进来的人把我撞得站立不稳。

“你是学音乐的吗？”我问她。

她疑惑地点点头：“怎么啦？”

“我可以想办法弄到票。”我说。

“我钱不够。”

“你有多少？”

“四块一。”

当晚的最低票价是五元，是个外国交响乐团的演出。

我说：“你等等，我也许有办法。”

“为什么？”

“你是学音乐的吗？”我再次问她。

“是。”她干脆地答道，“我拉低音提琴。”

我花了四十元买到两张票贩子卖的票，我们俩一齐进场，坐在第六排靠中间的座位上。开演后我递给她一个二点五倍的望远镜，自己又拿出一个四点五倍的，一同往台上看。她按住我的望远镜，问：“你是干什么的？”

顺着她的目光，我发现她正注视着我打开的包里的一堆望远镜，我“唰”地拉上拉链，把包往脚下一放：“你别管了。”

那是我第一次没有在音乐厅睡去。演奏过程中，我不断换望远镜，我使完一个，她就管我要过去，这样，在中场休息时，我们俩手里共有四个不同倍数的望远镜，都挂在脖子上，一人挂两个。

我们一起走到画廊，一幅幅看那里挂的油画，其中一幅画的是贝多芬的一个情人叫爱丽丝的，背景一片模糊，爱丽丝体态肥胖，穿着一件好像豆包布的灯笼袖上衣，一手托腮，眼睛看着远方，脸上是健康的绯红色，下面一行小字：贝多芬曾为她创作《月光》。

我一指："她这样的，在我国自由市场就能搞到。"

旁边一个女孩听了笑出声来。我未来的老婆严肃地看了我一眼，向下一幅画走去，没走几步就笑了起来，这一笑，越发不可收拾，直至笑弯了腰。我走到她旁边，也弯下腰，问她："你没事吧？"

回去的路上，我送了她一段。我们两人一前一后从六部口走到西便门，又从西便门经菜市口走到虎坊路，再从虎坊路走到天坛公园西门，最后，我们在天坛医院家属楼前停住。她指了指三楼的一扇窗户，告诉我："那就是我们家。"

抬头看去，她们家漆黑一团。

我点头，她钻进楼洞，随着"嗒嗒嗒"的脚步声消失在黑暗中。

她叫张蕾。

后来，当然有后来。

再次见面还是音乐厅门口，她告诉我，上次回家太晚了，她父亲给了她一下，她拍拍自己的肩膀："现在已经不疼了。"

照例，我们一起听了一场音乐会，中间我没睡着的原因是我一直在琢磨找个合适的时机好抓住她的手，但直到音乐会结束也没找到。然后是聊天，然后是走。这一次的路线有了改变，我们从和平门一直走到前门，又从前门走到天桥，从天桥走到天坛，从天坛走到永定门桥，又从永定门桥前面不远沿着河坡走到水边，深一脚浅一脚地一直走到右安门桥，又从右安门桥折回，再次走到永定门，最后走回先农坛，回到天坛医院家属楼下。她再次钻进门洞，再次对我说："我爸没准儿又要打我。"

很快，随着一阵脚步声，她走到三楼，不久，上次她给我指的那扇窗户里的灯亮了起来，窗帘被拉上，传出男人的怒吼声，不用问，是她那个讨厌的爸爸。

不久灯灭了，一切归于沉寂，我返身回家。我要说的是，那两天晚上，我也挨了我爸一顿臭骂，因为回家太晚了。

我们走的时候也聊天，说话的人主要是我，张蕾在我旁边走，我就不停地说话，我不知道她听没听，反正我说我的就是了。我说话的内容是海阔天空，但也可说是胡说八道一气，有时我看见她在悄悄笑，就知道她在听，更多的时候，她走她的，似乎跟我是素不相识的路人。于是我更加卖力地说下去，每当那个时候，我一般都很紧张，结果说出的话也是语无伦次，一般说上十几分钟之后，她会露齿一笑，这样我便放松下来，接着说。

我这么说："昨天我看了一本书，叫做《汤姆索亚历险记》，特别逗，你看过吗？其实那本书没必要看，没什么意思，但你要想看我可以借给你，可是我上午已经答应借给李晖了，李晖是我的好朋友，前一阵儿我们俩还不太熟，现在我们上课时经常下围棋。我们老师特事儿逼，他老要我们听讲，我们不听讲他就不自信，就觉得自己在胡说八道，其实他就是胡说八道，也可能不是，我一直听不太懂他讲的代数，讲到正弦时我还大概知道是怎么回事，后来讲了余弦、正切，现在我已经完全不知道他在讲什么了。他是北京市一级教师，我们上课时，老有外校老师来听课。你瞧，这个商店里卖好看的信纸，比荣宝斋的便宜，李晖买过一沓，他用那些纸写情书，写给我们班王芳，可王芳把那些信交给刘老师了。刘老师是我们班教语文的，是我们学校最好看的老师，刚从师范学院毕业分到我们学校的，她看了情书，找李晖谈话，最后答应不告诉李晖家长。李晖说刘老师说他文笔不错，他说以后我要喜欢哪个女生，他可以替我写情书。但他看的书没我多，他喜欢看打仗的小说，《静静的顿河》之类的，我不喜欢，我喜欢另一类打仗的小说，我看《二十二条军规》，可惜我没看完，因为那本书后面有十几页没有了。其实看书也没什么劲，要是有谁欺负你，你告诉我，我认识好多体校的哥们儿，他们特勇，我还认识一个画画的，画的国画特牛逼，他是画老虎的……”

后来，我们又一次约会，地点是在陶然亭公园，我们还划了船。

最后我们到北门附近的游乐场，在滑梯边，有几个小痞子把我们围住了，他们管我们要钱，有一个痞子还去拉张蕾的手，她吓坏了，哭了起来。我给了他们一块钱，他们给了我一个嘴巴子，我只好又给了他们一块钱，可他们又给了我一个嘴巴子。我急了，跟他们打了起来，被公园管理处的抓住了，差点叫我们老师来领我们。

我和张蕾被先放出来的原因是我们的作业本上五分多，那些人的书包里根本就没有作业本，有一个家伙的书包里放着整整一块板儿砖，他背着那个书包转来转去的也不嫌沉。

后来——

大概因为那次我表现得还可以，过了几天，她先是写信告诉我再也不跟我来往了，又过了几天，她约我去她家看她拉琴。起初几下还可以，听了一会儿圣—桑的《天鹅》之后，我就把她这块天鹅肉弄到手了。我是这么干的，先是让她教我，她叫我摆了半天姿势，当然，我是受不了她捅捅我这儿、弄弄我那儿的，而且怀抱那么一个又大又空的木头盒子比怀抱一个姑娘的感觉要差得多，我是指，我推开低音提琴，把她抱进怀里。就这个动作，让她哭了好半天，而我耳边却响起了圣—桑的《天鹅》。

后来——

我不在音乐厅门口卖望远镜了，有时我跟张蕾一起去听音乐会，我总是拉着她的手入睡，中间休息时，她把我叫醒，等音乐再次响起时，我又安然入睡。在音乐中入睡确实是件美事，有一次我在音乐厅中居然做了一个美梦，我梦见我骑着一只山羊飞到天上，山羊是张蕾她们家墙上画的那只，张蕾的父亲是天坛医院的大夫，业余画些油画，她母亲是音乐学院的教师，她们家住一套二居室，里面尽是些家具，没被家具挡住的地方挂着张蕾父亲画的油画。另外，她们家里有台钢琴，据说她母亲会弹，我从未见过她父母，我只在她父母不在家的时候去她家。

我想，张蕾喜欢跟我上床，上大学后尤其如此。她父母离婚时我们上大学才上了两个月，她跟母亲住，地点是音乐学院的筒子楼。但每月三号她要到天坛医院家属楼她父亲那里去要一百块钱，每次她都不让我跟她一起去。

张蕾的母亲不怎么管她，不久，她母亲又结婚了，跟一个什么拉小提琴的住到了北太平庄，音乐学院的房子就空下来，我就搬了进去。我上大学虽说是住校，但我很少去，到三年级以后我一个星期最多去两次，我不爱上学，宁可在音乐学院的宿舍里睡大觉。

后来——

大学四年间，我和张蕾过着夫妻一样的同居生活，那是我一生中最快乐的四年，因为快乐，所以回想起来几乎没什么印象，只隐隐有个快乐的感觉。张蕾拉她的琴，我看我的小说，我们一同去买菜，一同做饭，一同看一台九英寸的黑白电视机，一同听那台板儿砖似的小录音机，一同听一些唱片。我们养过一只猫，后来丢了，还养过几条热带鱼，后来也不了了之，我们几乎每天都做爱。

后来——

毕业前一个月，我和张蕾到一个朋友家去玩，回来的路上，我们坐的出租车和一辆迎面而来的卡车相撞，当时的情况我记不得了，总之，当我意识恢复过来，我发现自己已躺在医院里，浑身上下打着绷带，三个月后，我出了院，张蕾却死了，她的头在撞车时被挤碎了，这是医院的人告诉我的。

张蕾死后，我悲伤了好长时间，因为无法忍受失去她的痛苦和孤独，我就又找了一个女孩，天天对她讲我和张蕾之间的那点事，啰啰嗦嗦讲了半年，那个女孩终于失去耐心，离我而去。

后来——

所谓我充满通俗浪漫情感的时代便正式告一段落。

在那个段落里，我看了不少法国浪漫派的作品，夏布多里昂、雨果、缪赛、华兹华斯、拜伦等等，甚至但丁·罗塞蒂也看了。

后来——当然要过很久，也就是多年以后。

多年以后，我已把那些浪漫故事忘得一干二净，生活方式发生很大变化，我靠写剧本挣下一笔又一笔钱，和一个又一个姑娘上床，白天蒙头大睡，晚上出去参加由几个固定朋友组成的小圈子的聚会，常常喝酒到天亮。如果看见《爱情故事》这样的书会看也不看径直扔进垃圾筒，也许，这就是所谓的成长。

后来——应该是关于张蕾的记忆。

关于张蕾的记忆，比较深刻的是上床。

我们常常边听音乐边做爱，张蕾对做爱的要求完全遵循音乐的要求，如果是流行歌，那么一混就完，如果是爵士，就得飘忽不定，如果是古典音乐，那可就复杂了——交响乐要气势如虹，小提琴就必须婉转缠绵，钢琴要诗情画意，四重奏得表现出四个男人的形象，每当她从一长溜儿的CD中随便抽出一盘，我的心便“噔”地提到嗓子眼儿，像小品之类的东西对付起来没问题，但交响乐确实叫我捏一把汗，不提模拟一个乐队一百多人轮番跟她做爱的难度，单是那一小时左右的演奏时间也叫我无法应付——所以，一天她兴冲冲告诉我她把一套瓦格纳的四部舞台节目剧《尼伯龙根的指环》买来，并如数家珍般解释给我听，那是一套迪卡公司出的十六张套装唱片，索尔蒂指挥，维也纳爱乐演奏，头两张是两小时的“莱茵的黄金”，我虽面如死灰，但还勉强支撑，但听她说到“飞行女武神”并把四张唱片往我面前一丢时，我不仅倍感力不从心，而且立刻魂飞魄散。瓦格纳的内力强劲，尽人皆知，你就是同时播出一百张重金属唱片也无法与之相提并论，更何况，作品中所弥漫的思想实在是单凭性交无从接近的，于是我白眼一翻，差点用瓦格纳似的唱段喊出——今天晚上乐队休息，停止演出。

张蕾死后，我搬回家，守在自己那个被色情遗忘的角落里，半年中没跟一个姑娘上过床。那些CD由于带着太多的性交记忆，被我扔到阳台上的一个大皮箱里。

23

后来，后来——后来——

没有后来，一个后来也没有，全都是胡说八道!

没有后来，所有的后来全是胡说八道!

我喜欢用胡说八道来骗自己，骗自己说，现在的生活是虚幻的，我记忆里有另一种生活，另一种我想要的生活，我浪漫时就想要浪漫的生活，我浪荡时也会有浪荡的生活，我想怎样便能怎样——我读了一段文字，就会想象，在想象中把那段文字变成另一个关于我的现实、我的故事。我通过想象来写下一段段与我毫无关系的事件，我写得绘声绘色，栩栩如生，活灵活现，就像《爱情故事》，就像琼瑶小说，就像《茶花女》，就像《蝴蝶梦》，就像一切酸不可言、引人入胜而又催人泪下的谎言一样，就像我的工作一样，就像我写的剧本一样。

我问自己，那是什么?那些都是什么?那些摆在图书馆里，摆在书店里，摆在书架上，摆在中学生枕下的东西究竟是什么?而那些东西的背后又是什么呢?谁会告诉我们真相呢?

真相是，所有的一切，所有的一切全是胡说八道，全都不着边际，全都与现实背道而驰。

真相是，我们不喜欢现实，现实如果被写成文字，装订成册，包上封面，打上标价，将会一钱不值。

现实一钱不值，现实无药可救，现实是无话可说却又非说不可，现实是贝克特，是荒谬，是笑料，是省略号，是空白。

没有人喜欢空白，空白是那种必须被涂抹、被填充、被掩盖的东西。

在面对现实的态度上，我想，只有对真相永远的追问才是真诚的。

而我的十七岁的真相在哪里呢？我从这里，从我三十岁所坐的这张椅子上，从我的电脑边，透过我吐出的香烟的烟雾，我拿起十七岁所贩卖的望远镜，举到眼前，一直向十七岁的我望去，我看到我的身影徘徊在音乐厅的大门前，我看到自己读的关于哈佛生和钢琴家的故事，我看到自己曾经有过的幻想。我把那个幻想用望远镜拉近，再拉近，我看到我年轻时的愿望，到现在还不曾消失的愿望，那个愿望与我一起守在电脑边，在漫漫长夜中与我窃窃私语，诉说着关于人世间的无聊、寂寞与无助，时而编织出神话，时而坠入沮丧、冷漠与绝望之中。

24

我只喜欢几种特定的姑娘，这些姑娘的一切，在我心中早已想象多次，并已基本固定成型，总之，我与姑娘的关系永远围绕着那些大俗套兜圈子，我看上她，我从人群中挑她出来，与她相识，使她对我感兴趣，然后得到她，然后与她分手，如此而已。一切都是固定不变的，我要做的，不过是一次接一次的重复而已。在这件事中，可笑之处在于，每次重复，我都竭尽全力，并且，乐此不疲。

这么干有何乐趣？没有乐趣。

有何困难？困难在于很多姑娘对我不感兴趣。

如何克服？

很简单，离开她们，去找那些对我感兴趣的。

为什么？

因为除此以外，我简直无事可做。

25

在医院，我终于拿到检查结果，一切平安无事。

一切平安无事，生命竟是如此坚强，我是如此健康，就连性病也都与我无缘。

一切平安无事，真没劲。

26

两天以后，我见到陈小露，是在一次狐朋狗友的聚会上。那天晚上大家不停地抽烟喝酒聊天，直到半夜方才散去，当时我只记得她梳着两条像老鼠尾巴那样又细又长的挂在耳边的小辫。她和另一个女孩结伴而来，那个女孩披头散发，在隆冬季节穿一条短裤和一双长筒皮鞋，中间露出一截大腿，活像侠胆母狮。

两个女孩走掉之后，大家谈起陈小露。大庆问建成："操过吗？"建成那时已喝得半醉，他摇摇头，"没有，"然后又点点头，"操过。"大家哄堂大笑。

27

建成是我的朋友，多年前是个骗子，现已金盆洗手，洗手的原因是有一天，正当他走出一家四星饭店，一辆警车奔袭而至，还没等他反应过来，一副铿亮的手铐“当”的一声把他双手铐在一起，接着他便像一只被绑好的香肠一样被丢进警车，车门“咣”地关上，“喀嚓”落锁，警笛拉响，警车一溜烟驶向炮儿局，满载而归。建成觉得自己似乎听到司机在前面哼起一首欢快的进行曲：“日落西山红霞飞，战士打靶把营归把营归，风展红旗迎彩霞，愉快的歌声满天飞满天飞。”

建成说当时他脑子里“嗡”的一声，惊吓之余，万念俱灰。

多亏建成的朋友老黑出手相助，不久，建成被捞出炮儿局。

老黑此举多有失算，他捞建成是想两人东山再起，另立山头，再起风云，不料建成却从此洗心革面，重新做人，再不行骗。

建成属鼠，长得也像，他媳妇就管他叫“硕鼠”。建成的特点是肚子溜儿圆，若不勃起，建成简直连自己的阴茎也无法看到。肚子大的结果是给生活带来诸多不便，比如平时建成的上衣一不经意就从裤腰里滑出，而他的裤子则时常在步行途中悄然褪到脚踝，直至把他绊上一跤方才察觉。

现在建成虽然两袖清风，结账局促，但身上的着装却一点也不含糊，那是以前置的，冷不丁一套西装价值上万块，叫人觉得雄风犹在，委实了得。

建成爱喝酒，喝晕之后的即兴表演时常令人瞠目。比如有一次在“东方一号”迪厅，建成那时早喝得一塌糊涂，他看着领舞台上领舞小姐翻飞的大腿，意乱情迷之际听到一首被改编成舞曲的熟悉的老歌，是“宠物店男孩”唱的“GO WEST”。建成听到几句之后便面带微笑，突然站起，拨开人群，蹦进舞池，随着节奏上下起伏，少顷，位于建成前面的一个小妞忽觉腰中一热，回头一看，不禁目瞪口呆，原来建成高兴之余，在人丛中从容解开皮带，拉下拉链，掏出老二，把刚才喝的七八杯扎啤一股脑儿尽数尿出。

直到两三个保卫把建成拖出舞池，建成那泡尿还未结束，逶迤一路跟着他流出很远。此事在“东方一号”传为佳话。多亏建成，我们以后再也没敢去拜访那个迪厅。

28

提到建成，就不得不提老黑，可以说，建成和老黑简直无法分开。

两人交情甚密时我还不认识他们，他们的友谊大约可追溯到十几年前，就我所知的老黑现已成为一个大名鼎鼎的制片人，我的剧本很多为他而写。老黑的特点当然名如其人，不仅长得黑，压起价来更是心黑手辣，绝无半点疲软之处。

老黑为人率直，干净，利落，办事从不拖泥带水，就连坑你的时候也是放在明处，绝不躲躲闪闪。而建成刚好相反，他会在谈笑风生间完成一切，叫你一边开怀大笑，一边手拉水箱绳把自己冲入马桶。老黑谈事儿的原则是：成就成，不成拉倒。直来直去，风格硬朗。但同时弱点也暴露无遗，那就是干巴巴的，令对手倍感乏味，没有意思。而建成虽然湿乎乎的，但也有自己的问题，那就是虽然笑料百出，妙语连珠，令对方身心舒畅，但却经常自己也乐在其中，忘乎所以，丢掉正题，以至横生枝节。因此，两人的联手在很长时间内便成为必不可少。

有趣的是，双方却彼此不买账，于是，两人间的恩怨事非追溯起来完全是一部怪异的历史。有一次，两人为某事不合，说起到底谁欠谁的多，终于翻出旧账，在长达两小时之久的时间内，两人轮番回忆，并且把相互间的欠账一一摆出，令在座者无不瞠目结舌。

谈到老黑，还有一点必须说明，那就是老黑的悲剧人格——老黑出身相声世家，却不会说半段相声，年轻当兵，后来苦练一种叫三弦的奇怪乐器，进入某文工团。老黑艺术细胞极多，天性敏感，不久便把个三弦弹得出神入化，成为团里的骨干，但三弦艺术家老黑并不满足于此，他曾在深夜望着北京的高楼大厦以及无数灯火，放出悲叹：每一盏灯下都有一个幸福的家，这么多灯火中哪里才是我的安身之处呢？

为了寻找安身之处，老黑含泪扔掉三弦，投入当时正火爆的走穴大军，不是当演员，而是当穴头。没有钱，借！穴队里没有腕儿，磕！开始的穴走水了，从头再来！

试问有什么能拦得住这样的人？十年前的老黑虽然皮肤不白，但若把他投入非洲人丛，还是能轻易被挑出来，而且老黑一脸严肃，用现在的话讲叫“酷得很”，他把自己上紧发条，奋不顾身，直奔钱眼儿而去，一路摸爬滚打，终于成为北京有名的大穴头，当时的明星大腕无不以能走老黑的穴为荣，至于那些希望借走穴改善生活的小腕儿，则连老黑的影儿都见不着。

就在老黑如日中天的时候，他突然对早已摸熟的路数不耐烦起来，他灵机一动，丢下大把可挣的金钱和轻易可到手的小妞儿，漂洋过海，来到澳洲，在那里当起了出租汽车司机。老黑的英文水平当时只限于说“是”和“不是”两个单词，但老黑自有办法，也不知那些坐过中国大穴头出租车的乘客还记不记得那些噩梦，我是指，老黑是如何利用不会英文的优势而把他们随便拉到一个地方就结账，而且不找他们零钱的往事。

长话短说，老黑这个挣钱机器开动起来委实了得，很多人都弄不清老黑是如何花掉他的钱的。正如世上并无十全十美的人这句老话，老黑挣的钱也不服从物质不灭这一荒谬的定律。老黑挣钱如流水，但却时常四处举债，问题何在？问题出在一件常人想不到的小事情上，那是老黑酷爱一种与他智力完全不符的游戏：赌博。

老黑挣钱目光独到，精明透顶，一如他花钱。老黑有个几乎可说是特异功能的本领，那就是在一望无际的奔腾不息的茫茫人海中，机灵的他总能找到那几个保证能赢走他全部家当的人，并与那几个人，而且是只与那几个人在牌桌上一决胜负。

在赌桌上输掉的钱总要在别的地方挣回来，这就是老黑与这个世界的关系，他从几乎所有能想到的地方挣来所有的钱，目的仅仅是为了在赌桌上把它们花出去。如果说，有一天，世界上没有了赌桌，那么老黑这架高速飞驰的超级赛车会如何表现呢？我告诉你，他会“吱”的一声熄火，停在路边，从此陷入真正的悲哀和茫然。

没办法，我说过，老黑具有真正的悲剧人格。

老黑也是我的朋友，这是我要补充的一点。

29

半年之后，在另一个朋友老放过生日时我又见到陈小露，那是1995年10月中旬，朱玲踏上飞往美国班机的一个月以后。一个月的时间里，我得知我的小说由于各种原因无法出版，加之独自在家，委实难捱，听到聚会消息便身不由己，迅速出门，往往在凌晨时分才万分疲惫地归家，有时天已大亮，在出租车窗内还能看到上班的人流。

那天晚上，陈小露背一个闪闪发亮的摇滚青年喜欢背的黑色漆皮包，我和她凑巧坐在一起。当时是在蒋宅口附近的一家叫“品味庄”的川菜馆，老放那天表现不佳，喝得半醉不醉，在座的有认识不认识的十几个人，按照惯例，老放过生日，所有人等均须清醒而来，大醉而归，对于这一点，我早有准备，我的问题只是到那里就连干数杯、顷刻醉倒还是慢慢被人连推带劝地醉倒。不幸的是，在我没拿准如何醉倒前，我便见到陈小露，我当时很清醒，与她点过头，坐在她旁边，她向我介绍自己：“我姓陈，叫陈小露。玉体横陈的‘陈’，小巧玲珑的‘小’，露水夫妻的‘露’。”

大家大笑起来。

“你们丫笑什么，我说的不对吗？”陈小露在笑声中面带笑意，与大家逗趣道。

然后，我听她和别人说话，然后，我看她一口口吃菜，然后，我看她与大家干杯喝酒，然后，我看她掏出烟盒，抽出香烟，用一支细细的打火机点燃，然后，我看她站起，走到别人那里，与别人说话，然后，我看她回来，对我点头，然后，我听到背后有人叫她，当她扭过头去，我看到了她脑后仍旧梳了两条细细的黑色的短辫子，突然间，我竟为此怦然心动。

30

随后的时间，我过得恍恍惚惚，有时故意和别人大声说话，哗众取宠，有时想起自己那一摊子倒霉事，总之时而兴奋，时而消沉。中间有一次，建成隔着桌子对陈小露大声说："陈小露，你现在是傍着款呢还是单身？"

陈小露没有回答，有人笑了几声。过了一会儿，我忽然发现她低下头，一语不发，我问她："怎么不高兴？"

她抬起头对我一笑说："没有。"

过了一会儿，我对陈小露说："给我留个电话行吗？"

她说："你也给我留一个。"

我在乱糟糟的桌子上找了一个万宝路烟盒，撕开盒盖，把里面的烟统统扔到桌上，然后把烟盒铺平对折，一撕两半，把我的电话写在上面，又在旁边写上了我的名字，然后接过了她写着呼机和电话的另一半烟盒，放进钱包，在此过程中，建成往我们身上扔了两个纸团儿，大声说："看这一对狗男女干什么哪！"

热闹场面持续了两个多小时，建成喝多了，大庆也喝多了，老黑也喝多了。老放也喝多了，把自己的生日蛋糕切得乱七八糟，一塌糊涂。而我却清醒得很，虽然一杯接一杯地喝酒，却怎么也喝不醉。

终于，大家起身离去，一部分人先回家了，剩下一部分人跑到"凯宾斯基"对面的"喜乐酒吧"喝酒。到了那里老放的酒劲还没过去，因为抢占一个座位闹了起来，大家只好把他塞进出租车，一起到东直门的一家涮肉馆吃涮羊肉。建成在他老婆上厕所的工夫对陈小露大献殷勤，隔着我对陈小露说了一些颠三倒四的话，建成对任何年轻姑娘都有不熄的热情，所以也没人感到奇怪。

31

我喜欢在一瞬间便开始的情感故事，它符合我的天性，无论阅读或亲身经历，我都不喜欢拖泥带水，别别扭扭，一个姑娘，如果见面三次而不与她上床，我多半会永远不与她上床。

我喜欢露水姻缘，甚至那些由于一时高兴而减少收费的妓女我也由衷地喜欢。我喜欢那些大大方方的姑娘，她们只凭感觉的指引便可轻率地与只有一面之缘的青年男子上床而无不安，她们是把现代都市当作伊甸园的夏娃，她们是如此可爱，是比可爱还要可爱的真挚的姑娘。没有谁比那些被称作“大喇”的姑娘更纯洁，更动人，她们之中那些漂亮的姑娘简直就是活在现代的天仙，用什么来赞美这些姑娘都不过分。

至于那些嘴里说着所谓坚贞、爱情之类不知所云废话的正经女人，王尔德有一句话来形容她们，那就是“她们浑身都散发着被占有的气味”。

她们被金钱占有，被安全感占有，被舒适的生活占有，被斤斤计较的计算占有，被不敢冒险的恐惧所占有，被虚伪被假象被欺骗被甜言蜜语被保证被丈夫被孩子被自私等等一切所占有，她们甚至不知道自己是有欲望的，她们是无知的，她们是不自由的。

她们是真正可怜的妓女。

给她们自我压抑、让她们体面、祝她们平静吧，真不知上帝发她们性器官是干吗使的。

总之，我也祝福她们，让她们在世上自生自灭吧。

32

陈小露可不是那种人，陈小露是我的天仙。

半夜回家时，我和陈小露还有另一个不太熟的人顺路，三人搭同一辆车，因为碍着那个人，我没好意思送陈小露回家，半途下车。看着她乘的出租车渐渐远去，我一个人，站在复兴门桥上，看着一辆辆汽车从身边穿行而过，不禁长叹一声，坠入情网。

我下了桥，沿着二环路，狂走一气，一直走到位于安定门的家，上床时已是筋疲力尽。

33

第二天快十点钟，我被一个电话吵醒，起了床，刷牙洗脸，喝了一杯热咖啡，写了几行小说，忽然，我再一次想到陈小露，想到了她梳的两条细细的老鼠小辫。

我从地毯上拾起昨天穿的衣服，从里面找出钱包，把记着老鼠小辫电话的那一小块烟盒纸找出来，犹豫地拨着她的电话，总是拨到最后一位号码时把电话挂下。最后一次，我迅速按下最后一个号码，等着对面传出的忙音，片刻后挂了电话。我再次低下头想写几行小说，头脑中竟是空空如也。

我又抓起电话，拨通了她的呼机号，呼了她，挂了电话等着，不到一分钟，电话铃响了，我迅速接起。

“是周文吗？”

“是陈小露吗？”

“什么事？”

“今天你有事吗？”

“下午我得去上课。”

“上完课呢？”

“就没事了。”

“晚上我请你吃饭吧。”

“干什么？”

“聊聊天儿，行吗？”

“行，我上完课以后咱们再联系。”

“那——就这样？”

“就这样。”

挂了电话，我给大庆打了一个电话，他睡意朦胧的声音传来。

“谁呀？”

“周文，干吗呢你？”

“待着呢。”

“跟你说件事。”

“什么事？”

“我有点喜欢上陈小露了。”

“那就扑吧。”

“你觉得有戏吗？”

“有戏。”

“我约她出来啦。”

“她答应了？”

“答应了，她以前是怎么回事？”

“我也不太清楚，听说傍过一款。”

“现在呢？”

“不知道。”

“你说说这事会是什么结果？”

“她把你办了呗！”

大庆笑了起来，我挂了电话。

片刻，电话铃再次响起，我摘下听筒，是陈小露。

“我是周文。”我说。

“哎，我跟你说，干脆这样吧，咱们别去饭馆了，你到学校门口来接我，到我们家去吧，吃我做的面条。”

“行，你们学校在哪儿？”

“三环路边上，理工大学门口，我的车停在那儿。”

“什么车？”

“一辆白色的斯各达。”

“几点？”

“四点半。”

“好吧，我在车边等你。”

我再次给大庆打了电话，他准备去北图查点资料，我因为手头也有个古装戏的剧本，就约好在北图碰头儿。

34

随后的时间都在浮躁中度过，我去了北图。找了半天才找到两本可能用得着的参考书，记在一张纸上，然后等着去借书，等了一会儿，一看表，三点四十了，我慌忙把后事推给大庆，出了北图，打上一辆车，到了理工大学。出乎我的意料，门口并没有停着一辆斯各达，我让出租车司机开着车在校园里兜了两圈儿，都没有找到那辆车。我非常着急，让司机把车重新开到三环路上，找了一个公用电话，打到老鼠小辫的手机上，电话听不清楚，我报给她我的电话号码，她马上打了过来，让我就在校门口等，我放下电话，向校门口飞跑，跑到以后，一直沿着甬道往前走，刚走几步，从边上的一条小路上，开出了一辆白色的斯各达，正是陈小露，我长出了一口气。

我钻进她的汽车，上了三环，向她家开去。

35

陈小露家位于西八里庄附近的一片居民楼里，她把车停在一个自选商场门前，我们一同进去买东西，她买了六个鸡蛋，几根香肠，我也挑了一些别的零食，付账的时候，她坚持自己付。

我们上了两层楼，来到她家门口，她拿出钥匙开门，开了足有一百次才打开，她弟弟正在厅里看录像带，是颇有姿色的惠特妮·休斯顿和一脸正气的老凯文合演的《保镖》。我和他弟弟聊了会儿天，她给我冲了一杯雀巢速溶咖啡，和我常喝的是一个牌子，在一张写字桌上，我又发现了一盏和我用的一模一样的台灯。

我们一起看了一会儿《保镖》，她弟弟上学去了。她告诉我，她和她弟弟一同租着这个单元，一年一千元，是朋友的房子，半租半借的。

随后，她让我继续看，而她则走进厨房煮面条。

我哪儿有心情看什么《保镖》呀，于是心怀忐忑地溜到厨房门边，靠着门看她煮面条。她先用油炒了两个鸡蛋，然后加进凉水，就站在厨房里等着煮开。我问她："平时你煮面都是站在这里等吗？"

"是啊！"

我眼前一下子浮现出她每天站在这里看着一个小锅的情景，心中涌起一片柔情。

我们有一句没一句地聊着各自身边的小事儿，我忽然问："他们说你傍了一个款，我怎么看着不像？"

她抬起头，目光直视着我："谁跟你说的？"

"记不得了。"

"我是和一个台湾人在一起，但他不是大款。"

说罢，梗了梗了细小的脖子，意思是说："怎么样？"

"没什么，锅开了，该下面了。"我一指从锅盖边缘处冒起的热气。

吃饭的时候，我们像比赛似的争着把自己的经历你一言我一语地讲了一遍。她给我讲了她以前上学时学习纪律都特好，老当班长，上大学时考的北建工，学结构，后来不爱学了，又考上了戏曲学院学戏曲，本想考电影学院，可那一年只招电影理论，然后爱上了一个小商人，然后是失恋，在最悲惨的时候，遇到这个台湾人，跟着他去了南方，后来觉得无聊，又独自回到了北京，大概就是这些。

我问她："建成说他跟你睡过觉，是真的吗？"

她断然摇头；"没有。"

我告诉她，我喜欢建成。

陈小露认识建成比我认识得早，那时候，她和大庆、老放等一干朋友全都特穷，建成那时还在做骗子，没结婚，和一个小骗子混在一起，那是个非常好玩的女孩，当时他们到处寻好饭馆吃饭花的都是建成骗来的钱。

"可有意思了，想想看，一个大骗子带着一个小骗子，后面还跟着一帮穷学生满大街地乱转，全指望建成骗点钱来大家一起吃喝。"老鼠小辮笑着说。

面条早已吃完，我们仍坐在桌前聊天，她把空碗拿到厨房，我要帮着洗，她说不用，她喜欢自己的事情自己做。

我们回到客厅，接着说话，因为客厅里冷，我们进了她的卧室，被子团成一团堆在床上，墙上五颜六色贴满了明星的照片，像个学生宿舍。她爬上床，用被子盖在腿上，我坐在床沿上，接着刚才的话题说话，只是不时出现停顿，一停顿，我就着急地想各种各样的话题来接上，但该说的刚才已经说的差不多了，无可救药的停顿又出现了。

我叫她："陈小露？"

"哎。"

"我喜欢你。"

她没有出声。

我又说："我喜欢你。"

她说："其实，昨天晚上回来我就想给你打电话了。"

停了一会儿，我低着头问："我想抱着你跟你说话——好吗？"

半晌，她见我没有行动，于是"嗯"了一声。我踢掉鞋，上床抱住她。

我们拥抱、接吻，半天，我问她："想乱搞吗？"

她摇摇头说："不。"

后来她又说："来吧。"

36

晚上，陈小露坚持开车送我回家，在车上，她对我说，别把咱俩的事儿告诉他们，除了大庆，大庆人不错。

在我家楼下，我们在驾驶室里坐了很久，最后，她告诉我："明天，台湾人要回来了。"

"多久？"

"一个星期。"

"把手机和车还给他，跟我过吧？"

"他是个好人。"

我们俩把目光投向车窗外，外面一片漆黑，零星几滴雨掉在窗玻璃上，我们沉默无语。

"知道我一个人开车回去时会怎么样吗？"

"知道。"

37

她把车开走了，我沿着马路一直走了两个小时才筋疲力尽地回家睡觉。凌晨两点钟临睡前给大庆打了一个电话，告诉他："我和陈小露成了，先别跟其他人说。"

他痛快地答应了，当然，一秒钟之后，我的朋友们也都知道了。

第二天，我在清晨六点半钟早早醒来，我想再次睡去，却无论如何睡不着，索性起了床，冲了一个热水澡，然后刷了牙，刮净胡须，把自己清洁好以后，发觉有些饥饿，于是用烤箱烤好两片面包，夹着冰箱里的冷香肠一股脑地咽下去，又削了一个苹果吃。从厨房回到厅里，发觉自己竟然无所事事，但心里却不知为什么像长了草似的，我慌里慌张地在房间里转来转去，完全是一副不知所以的样子。我来到洗手间，对着镜子审视了一下自己，自言自语地告诫自己说："这么一副丑态百出的样子何以见人——不要这样下去了，静静心，看看能不能找点什么事情做做。"

我回到厅里，找所谓可干的事情，先是打开电脑，想写几行剧本，但连把上次写的两页看完都难以做到。于是我玩起了当空接龙，平时我的成功率是百分之九十五以上，一会儿工夫，我连玩了数把，再一看统计，竟把成功率降到百分之八十五，于是关了计算机，溜到书柜前，找出一盘叫做《好伙计》的录像带开始观看。马丁·史高西斯的电影平时我百看不厌，但那天早晨却无法看进去，我试着用遥控板慢速放映，看看马丁如何组接画面，可笑的是看了半天，却什么也没记住。没办法，我扔掉遥控板，关掉电视，来到书柜前，我决心挑一本必须集中精力才能看下去的书，我挑到一本伯特兰·罗素所著的《逻辑与知识》，从头看起。这本书我总是从头看起，但从来没有看超过前五十页，我喜欢罗素，无数次地想把这本书看完，不幸的是，我从来也未能如愿。这次的失败当然在所难免，于是我扔掉书本，把用作笔记的纸笔也拿开，开始一支接一支地吸烟，一杯接一杯地喝水，一张接一张地听音乐。我听了罗斯特·罗波维奇指挥的巴黎交响乐团所演奏的穆索尔斯基的交响诗《荒山之夜》，刚听到第一标题“女巫集合，聒噪喧哗不已”就被那怪异的声音搞得极不舒服，于是换成多诺霍弹的柴科夫斯基的《第2钢琴协奏曲》，老柴的钢琴曲不知为什么显得有点颠三倒四，不着边际，于是换成贝尔格四重奏团所奏的海顿的《第74号四重奏》，完全是受罪！我关掉音响，下了楼，来到楼下的河边，我在河边走来走去，忽然，我想到老鼠小辫会给我打电话，于是飞步跑回楼里，上了电梯，回到房间，一看表，已经快中午十一点了。终于，我磨磨蹭蹭地混到电话机边，摘下话机，忍不住给陈小露拨了一个电话。

“喂，陈小露吗？”

“是我。”

“我想你。”我忍不住，把这句酸不可言的话大胆说出。

“……”

“……”

“……”

“干什么呢？”我问她，听到她声音，我慢慢平静下来。

“睡觉呢。”

“昨晚回去后干了些什么？”

“看了会儿书。”

“什么书？”

“五笔字型，今天上午要考试。”

“现在已经是中午了。”

“我没起来。”

“是吗？”

“我第一次旷课。”

“你起来后准备干什么？”

“刷牙，洗脸，把昨天咱们剩下的面条吃完，穿衣服。”

“应当先穿衣服。”

“是啊。你呢？”

“我早起床了，然后吃了一个苹果。”

“现在干什么呢？”

“写剧本。”我说谎。

“你喜欢白天乱搞吗？”

“我什么时候都行。”

“我想你。”老鼠小辫说。

“……”

“……”

“……”

“他的飞机三点到。”老鼠小辫叹了口气。

他，是指老鼠小辫现在的男友，那个台湾商人，他一个月来看老鼠小辫一两次，给老鼠小辫买衣服，带她吃饭，与她上床。

38

我不知自己是如何挨到晚上的，终于，我坐上出租车，和大庆建成等一干人，约了两个广告模特一起到贵宾楼吃饭。两个模特都很漂亮，但我却连看都没心思看她们一眼，中间，我跑到投币电话边，伸出不争气的手给陈小露打了一个电话，问她能不能出来，她说不行。

我神情沮丧地回到饭桌边。

当然，我的心神不宁众人看在眼里，笑在心上。

大庆便在一旁苦口婆心地开导我。

大庆说："别这样，这不是有姑娘嘛，你跟人聊聊，别老想着陈小露，想也没用，要不你找她去。"

说罢扭头对两个模特开讲我的事情："不知道吧？这是他刚发生的丑闻——前天我们一哥们儿过生日——"

大庆讲这类事往往出神入化，条理分明，几句轻描淡写便能勾勒出事情的全部，最后还要加上一句总结性发言："总之，不可能长此以往。对陈小露来说，这是一个选择，要么金钱，要么周文。"

忽然他拍拍低头不语的我，大声说："你至于吗，人家也就想跟你上床，你没完没了的，人不烦你才怪呢！"

我抬起头，对大庆说："我要多写剧本，把她赎出来——不就是钱嘛。"

"你丫有病啊！"大庆泄气地趴到桌上，"无法弄，无法弄。"

建成得知我跟陈小露混在一起，心情不好，也许因为他以前也喜欢过陈小露，为了给我再添堵，他不是抽空便说他和陈小露睡过觉，就是接二连三地问我："周文，陈小露现在干什么呢？"

"你丫管呢。"

"我告诉你，跟她傍肩儿一起狂办呢。"

"去你妈的。"

今天建成为了嗅模特中一个做“护舒宝”广告的姑娘，理了发，穿了一身漂亮的西装，支开了老婆，但仍然裹不住里面的大肚子。

不消说，晚饭的气氛让我破坏殆尽，没有黄色笑话，没有打情骂俏，只有沉闷和无聊。全因为我。

在饭桌上，我心情沮丧，一会儿说其中一个女孩像鸡，一会儿又说另一个女孩长得难看，总之是胡说八道一气，两个姑娘没跟我急真是奇怪。

晚上，我没有回家，到老黑家去聊正写的剧本，然后跑到大庆家去打麻将。大庆喜欢放着古典音乐玩牌，于是，我听了半夜古典音乐，每当小提琴奏出一个长音时，我的心也会跟着缩成一团儿。当然，带去的钱也输得一干二净，从大庆家出来时，连路费也没有，还是大庆给了我一百块钱。

39

我打车回家，进门便打开电视机，靠在沙发里看，一会儿睡一会儿醒，到了下午才踏实睡着，晚上七八点钟醒来，在胡思乱想中度过了两个小时，与老黑谈妥的剧本一行也没写。

到十点钟，往大庆家打了一个电话，他告诉我：“下午陈小露打来一个电话。”

“她说了什么？”

“她说叫我告诉你，她来过电话。”

我立刻往陈小露的手机上打了一个电话，她把手机关了。

为了躲避痛苦，我吃了四片安眠药，使自己睡去，在梦中，我看见陈小露的两条挂在耳边的又细又长的小辫子，在梦中，我告诉她，这是最后一次，以后，我再也不想离开她，在梦中，我恍惚间竟看见她也流下眼泪。

40

又是令人绝望的一天，激情在无可救药地消耗，上午睁开眼睛，脑海中又出现了陈小露的名字，一阵尖锐的痛苦紧随其后，跟踪而至，再想睡去，已经来不及了。

一见钟情不可靠，性爱更是不着边际，人世间没有任何救命稻草，生活一片死水，除了循规蹈矩地走向死亡以外，人没有任何目的可言，如果有，那也是活下去本身。活下去，无情地活下去，看着自己的肉体一天天变得失去弹性，变老，变丑，直至变成一具尸体，如果生前功成名就，尸体可望被制成木乃伊供人看个新鲜，仅此而已。此外，生活还能是什么呢？

救命稻草，我的救命稻草，我不该伸出手抓那根救命稻草，那根救命稻草上绑着一个缎子制成的首饰盒，里面有一枚锈迹斑斑的戒指，中间写着“希望”二字，但是，希望是什么呢？

41

在我的无可奈何的三十年生命里，曾经三次试图从一片死水的生活中浮出来，我三次伸出手去抓身边漂浮的稻草，不用说，结果可想而知，每次收回手来，都发现救命稻草不翼而飞，手中空空如也，但愿这让我记取教训，不再上浮，而是更深地沉入水中。

沉入水中，力争下游，保持绝望的心境，绝不幻想，绝不自由，绝不接受诱惑。

绝不！绝不！绝不！

42

第一根救命稻草是阿莱，我在《晃晃悠悠》里已经提到。

第二根来自陈小露。

第三根我将要讲到。

都是可怕的故事，讲一遍比经历一遍还要可怕。

43

从我的窗口向前望去，是一片玉米地，再往前，是姿态各异的矮树，再往前，还是玉米地，再往前，是绿色的防风林带。我坐在桌子边，头脑昏昏沉沉，陈小露，已经是第七天了，上帝用了七天就造出了人，可作为人的我却无法听到另一个人的声音。当然，这两件事物风马牛不相及。

可是，那几天我早已神经错乱——陈小露。

无论如何今天我要听到你的声音。

为了不再让自己想到陈小露，我决定让自己换一个环境。两天前，我给一个叫赵东平的编剧打了个电话，问他那里有没有剧本可写。赵东平是电影学院的老师，写剧本之余也经常抽空给学生教课，他是个老好人，正巧他接了一个古装戏的活，于是干脆拉我入伙，一起写那部古装戏的提纲。制片人给了他五千块钱预付，他毫不犹豫地买了一个空调挂到家里，亏他手下留情，给我留了一千元，于是我搬到位于北郊农学院内的电影学院的教工宿舍，与他一起写提纲。当然，为了不相互打扰，我们把二十集提纲分成两半，每人十集，老赵给我找了一间空屋，我搬进去，屋里的设施正合我意，一张桌子，一张床，一把椅子，一台我从家里搬来的电脑，仅此而已。

44

我从桌边站起身，向外走去，从农学院的家属楼出来，走过一段窄窄的小马路，出了农学院，过了一条马路，进了对面的动力学院，左问右问，好不容易找到公用电话。我拨通了，接电话的是个男人，他很快把电话递到陈小露手上，我不知胡说了几句什么，最后我说：“我想你。”

挂掉电话，走出电话间，重新回到街上，四下望去，一片凄凉。

我回到屋子里，下定决心，开始写剧本提纲。随着写作，我的心情平静下来，但我不敢停笔，因为我知道，只要我一停，等待我的将是无法忍受的不安和焦虑。

我感到饿了，但不敢停下，我就像有人在用鞭子抽打我一样写作，就像饥饿的老鼠啮食一样写作，我写向无边的黑暗和遗忘，写向世界的尽头和末日，我的手酸了，盯着显示器的眼睛流出了泪水，但我还是不停地写，键盘被我敲得当当作响。

45

在与别人的关系上，我最不愿意干的事情就是强迫别人改变自己的意志，无论什么人，即使对别人有好处我也不愿那样做。当然，我也不会因别人而改变我的意志，即使对我有好处也一样。

如同我和陈小露，无论我对她如何地渴望，但我不会跑去找她，我等待她自己的决定。

46

将近黄昏，我仍在不停地写作，我将写到耗尽最后一点精力，我希望自己能够睡着，忘却一切。

外面，天色灰蒙蒙的，就像悲哀。

47

在床上，我们第一次乱搞完毕，陈小露用头发遮住脸，用拉家常的口气对我讲了很多话，因为讲得太多，所以很多已忘掉。我记得的只是，为了证明她非常喜欢我，她对我说了许多话，虽然这些话和以后说过的很多话，被证明都是胡说八道。

但是，但是——

我始终爱听她对我说话，无论是在电话里说的话，还是在床上说的话，还是我们一起吃饭时说的话，还是一起逛街时说的话。

很多话我都记得，有如刚刚说过一样，甚至，连她说话的声调语气都记得，连她说话时的神态、动作都记得，甚至，连当时的天色都记得，更甚至，连音响里播出的唱片曲目都记得。总之，我什么都记得。

48

我来农学院的一部分原因是因为这里没有电话，十分不方便，这样，我便可以不再去想可否与陈小露联系，当然，陈小露更是无法找到我。

但是，从第一天起，我便一下子找到了公用电话，尽管那个电话位于农学院对面的动力学院。

但是，从第一天起，我便每天给大庆打一百个电话，因为我知道，陈小露可与大庆取得联系。

由此，大庆可轻易得出结论：我的行为矛盾百出，难以理喻，甚是荒唐。

49

提纲以一天两集的速度进展着，写到第六集完，我准许自己休息一会儿，先是翻了一会儿参考书，然后我发现我的腿自己走了起来，一直走到动力学院公用电话亭边自动停住。我换了一些硬币，拨通了大庆的电话，大庆听是我的声音，没头没脑地对我说：“回来吧。”

于是，我飞身跑出动力学院，跑到街上，中间由于忘形，不慎一跤跌入路边的水沟里，当然，这对我完全是小菜一碟。我没有挥动手臂打车，而是糊里糊涂地朝着一辆飞驰而过的出租车一路猛追过去，如果不是气力用尽，我完全有可能一直追回城里，还好，跑了几百米我便口吐白沫，坐到路边，直至下一辆出租车远远驶来。

50

我几乎是破门而入，像子弹一样射进大庆家。出乎我的意料，陈小露不在那里，房间空空荡荡，大庆一人坐在沙发里，眼里含着神秘的笑意，一言不发地打量着我。

“大庆——”我叫道。

“我就是啊！”大庆热情地站起来，拉我到沙发边，“坐坐坐。”

然后给我倒了一杯茶，端到我面前。

“大庆——”我叫道，“人呢？”

大庆放声大笑。

“怎么了？”我问。

“我操——我操——我操——”大庆绕着我转了起来，这一转，直弄得我眼花缭乱。

“到底怎么了？”

“你也得听我把话说完呀——我‘回来吧’是对媳妇说的，还没轮到你呢！我接你电话时她正问我买完衣服是回来还是我出去跟她一块吃饭——我操，我操——”大庆又一连气说了一百个“我操”，然后他说出那句如同废话的总结性发言：“你丫完全疯了。”

门开了，吴莉走了进来，手里拎着一堆在秀水买的便宜货。秀水买的东西很好认，因为总是清一色装在黑色垃圾袋里。

“你们到那边说话去，我可要试衣服啦！”吴莉兴冲冲地对我们说。

于是，我和大庆来到门厅里。

我对大庆说：“那我先走了，回去写提纲去，还差四集没写完呢！”

大庆一把拉住我：“别别别呀，大老远跑过来。”

“我走了，再见了。”我见势不妙，夺身便要往外冲，大庆却在后面笑了起来：“别后悔呀，再见了。”

我卡在门缝里停住了：“怎么了？”

大庆一把拉我进门，说：“陈小露她老公走了，一会儿一起到劲松吃饭。”

“真的？”

“你都这样了，我再骗你就太不道德了，我是那样的人吗？”

“我怎么样了？‘这样了’是什么意思？”

“什么意思？这样了就是你都这样可笑了呗。”大庆笑盈盈地答道。

51

我和吴莉大庆三人打车来到劲松附近的一家涮羊肉馆，叫了羊肉羊尾白菜粉丝冻豆腐这几样每次必叫的东西，然后等着服务员端上来。吴莉穿着她刚买的一件超短裙，那件超短裙有个毛病，就是一走会自动往上卷，这是我们在出门后发现的，为此，吴莉一直小心翼翼地坐在椅子上，不敢乱动。吴莉虽身为外企公司职员，着装却相当大胆，很多连女演员都要犹豫再三才敢穿出门的衣服，吴莉却能轻松自如地随手穿上，走上大街，即使暴露出自身弱点也无所畏惧，超短裙即是一例。吴莉双腿虽长，却不细，而且吴莉的习惯性动作是双手叉腰，因此，穿上超短裙后便十分醒目，活像功夫片里的孙二娘，里里外外透出一股横劲儿，仿佛大庆言谈举止稍有不慎便会被她飞起粗腿一脚踢翻的样子。其实实际情况刚好相反，吴莉脾气极好，几乎从不发火，而且大庆一向以怕吴莉为荣，根本不给吴莉任何发火的机会。

我们三个聊着吴莉的着装，等着上东西，片刻之间，建成带着老婆进来了。建成的老婆是真的，领过结婚证，她叫李鲜艳，属虎，原来在歌厅当歌手，建成为把她弄到手着实费了一番工夫。不料两人婚后居然使尽浑身解数也无法生出一男半女，为此建成总是这样谈论这件事："俗话说，不入虎穴，焉得虎子——可我是入了虎穴，也不得虎子。"然后"嘿嘿"一笑补充道，"我老婆属虎，跟我结婚的时候对我说，建成你以后要是对我不好，我就让你断子绝孙，看来我一定是对她不太好，嘿嘿，嘿嘿。"

有时候，建成谈到他们子虚乌有的下一代时会满怀豪情。一天，建成大醉，当着我们一群人对李鲜艳发出妙语道："老李，咱们要他妈生，就照他妈的三个生，全他妈生女儿，老大起名就叫大逼，老二叫二逼，老三就叫小逼。"

“那我呢？”大醉的李鲜艳问道。

“你？”建成想了想，终于想出名目，“你我也给你想好了，就叫老逼。”

一句话没把李鲜艳给气死，于是当头一杯扎啤浇在建成脸上。

随便再介绍一下建成，建成在成为骗子之前上过中国外国语学院，学的是英语专业，可当建成用所学英语读过几本诗集之后，便也作起了诗。当时的北京朦胧诗盛极一时，朦胧诗的标准是读不懂才成其为诗，就像“你说我说紫线条说”这样的句子建成信手拈来，毫不费力便作出百十余首诗歌，从而成为诗人。后来诗人中间时兴自杀，眼见得诗人一个接一个死去，建成心下不禁惶然，深恐一日轮到自己，于是换写小说，成为作家。但作家生活无着，日子难挨，建成只好去做骗子，骗子生涯如履薄冰，十分危险，特别是“手铐风波”之后，建成更是从中汲取教训，重新做人，于是建成改换门庭，做了编剧。编剧写作辛苦，而且剧本的活儿又少，建成难以忍受等待的痛苦，于是改做演员。建成认为演员什么也不会碰巧了却能挣钱出名，终于开始了他的演艺生涯，先在一个单本剧中饰演一个坏人，后在一集系列剧中饰演大款，最后抄上了连续剧中的一集饰演教师，但好景不长，演过三集戏之后竟戛然而止，一时之间没人再找他去拍戏，于是他在很长一段时间内被我们称之为“三级片演员”。

当然，现在的建成早就不可同日而语，已饰演过的角色多如牛毛，“三级片”的悲惨时代终于成为过去。

52

我们五个人开始边吃涮羊肉边东拉西扯，我却暗中在等陈小露。为打发时间，我与大庆聊起了我正写的剧本提纲，结果令人大倒胃口。剧本就是那么一种东西，如果你想大倒胃口，就谈论它，百试不爽，简直是万灵药。

大庆写剧本始于1988年，比起我来，他算是一个老编剧，当我开始饶有兴致地写第一个剧本时，大庆已然到了一提剧本就双腿发软、两眼一翻的地步。在大庆眼里，剧本就是那么一摞可供导演拿着四处行骗的废纸。

一般来讲，导演与编剧在剧本上的想法往往是风马牛不相及。编剧每日坐在灯下，苦思冥想，从空白开始，仔细搜索枯肠，从自己那点人生经历中榨取营养，挖空心思地编织故事，然后把写成的东西交给导演，就此完事大吉。而那个剧本到了导演手里，简直可以成为点石成金的魔杖，首先，导演可把故事称为自己的，然后开始从投资人手中骗取拍摄费用，指挥美工采得拍摄的景致，指挥灯光布出导演所需的光线，指挥摄像构出要拍的图像，指挥道具备好情节中所用道具，指挥化妆为演员化好妆，指挥服装为演员穿好服装，指挥制片主任为他备好饭食，指挥场记记下拍摄条目与时码，还可以指挥专管选演员的副导演为他挑出喜欢的姑娘，指挥现场副导演为他准备一切，拍摄完毕，导演指手画脚的过程还未结束，他得指挥剪接师剪出所需图像，指挥音乐总监找人写出歌词、谱出曲子，指挥配音配好音乐，指挥效果做出动效，指挥字幕员上好字幕，然后急急忙忙跑到报纸、广播、电视台去做宣传，每句话用这种开头：“我的电影——我的电视剧——我的这部戏——”

如果影片成功，导演会对媒体说：“我的这部戏主要想说的是——我抓住了——我发现了，我看到了——我做到了——谢谢大家支持。”

如果影片失败，那么导演会说：“这部戏没搞好的主要原因是，首先是剧本不行，然后是男女主演戏不好，然后是摄像不会拍，化妆也是胡化一气，灯光不对，美工不会布景，投资人的钱不够，我已尽全力，但一切都无法控制，没办法，下次再来吧——”

编剧首先是跟拥有这副嘴脸的人打交道，你说会有什么结果？结果是，所有的编剧都想成为导演。

不仅编剧想，摄像也想，美工也想，演员也想，什么人都想，所有的人都想。

因此可得出结论，编剧与导演的区别，本质上是，编剧所做的工作是创作，而导演呢，不用说，是权力。因此，不畏强权的大庆对那些不会写剧本的导演简直是不屑一顾。

大庆喜欢的导演多半是自己编写剧本的，这样，导演便把行使权力的过程改成实现自己想法的过程；这样，导演由一个权力机构转变成创作机构；这样，导演成了艺术家。

上面一番话是谈到剧本时大庆讲给我的，大庆说，别聊剧本，别聊剧本，也别写剧本，尤其是别给他们丫的写剧本，饿死也别写，别给他们丫牛逼的机会，如果写剧本，就自己找钱，想办法去拍。

我喜欢听大庆发表这类高论，我说过，大庆不仅会创作，还会思考，这样的人很少。

我认为作为资深编剧，大庆的话很有道理。

我想，也许大庆是个艺术家，他爱艺术甚于爱权力。

53

火锅锅底快烧干，羊肉快吃完，我们酒足饭饱时，陈小露才姗姗而来。

她搬了把椅子坐到我旁边，头发梳得一丝不乱，劳力士手表、钻石戒指、白金耳环、白银手链各就各位，眉毛画过，睫毛涂过，粉底打过，口红上过，香水点过，穿一身整齐的休闲装，俏丽得无以复加，如同天仙。

我问她："吃过饭了吗？"

"没有。"

"我们都快吃完了，你看看再要点什么。"

"没关系，我无所谓。"

"别啊别啊，我们等着你！"大家异口同声地说。

陈小露看看大家投向她的关心的目光，然后看向我。

我低下头："奸情败露，他们都知道了。"

大家哄堂大笑。

陈小露翻着眼睛看着大家。

大庆说："周文告诉我，我告诉所有人。"

建成说："没关系，我们能理解，我们都是过来人，吃东西吧。"

54

从饭馆出来，我们四下散去。我钻进陈小露已经打着火的汽车，抬头一看陈小露，惊奇地发现她竟面露不悦之色。

"怎么了？"我问，一边伸手过去，想搂住她。

陈小露推开我："我告诉过你别说别说——你——"

我愣住了。

少顷，我问她："为什么？"

"告诉你别说就别说，你知道——唉——"她长叹一声，闭上眼睛，一副无限苦恼的样子，把头靠到靠背上。

"那，我先走了，再见。"

我拉开车门，走出车外，片刻之间，陈小露的车就扬长而去。

55

我说过，一见钟情不可靠，性爱更是不着边际，人世间没有任何救命稻草，生活一片死水，除了循规蹈矩地走向死亡以外，人没有任何目的可言，如果有，那也是活下去本身。活下去，活下去，无情地活下去吧。

我走在街上，感到的不仅是莫名其妙，简直就是不知就里，费尽周折，见到陈小露，没想到是这样一个结果。我想抽烟，一摸口袋，烟盒不在了，不仅烟盒不在，而且打火机、钱包等等一切物品全都不翼而飞，于是我回到刚才吃饭的那个涮肉馆，涮肉馆内人烟稀少，刚才我们吃饭的那一桌早已收拾干净。我来到服务台问值班的小姐见没见到我的钱包，小姐叫来收拾桌子的服务员，逐一盘问，竟然谁也没有见着。我只好出了涮肉馆，找到一个公用电话，但身上连一分钱也没有，于是再次回到涮肉馆，用那里的公用电话打给大庆，大庆还没到家，于是我只好再次出了涮肉馆，在街上闲荡，荡了不知多久，又返身回到涮肉馆，不幸的是，涮肉馆已关门，连里面的灯也灭掉了，于是我又原路折回，走到公用电话边给大庆打电话，没人接，大庆仍未回家。看来，他是跟吴莉不知跑到哪里去玩了，于是我坐在公用电话亭边的一小块黄色灯光里，等着大庆回家。

在等的过程中，我无聊至极，想抽烟也没有，想喝水也不行，我像是沙漠中的一只青蛙，我鼓着眼睛，蹲于地上，悲哀莫名，我蹦跳几下，四下逡巡，眼前一片茫然，什么都无法辨认。

56

终于，大庆的电话打通了，他已回家，得知我的情况，二话不说，叫我等着，挂了电话便直奔我而来。不到半个小时，一辆出租车停在我身边，大庆推开门，我钻进车里，车子继续开。大庆说："我也正无聊，吴莉和我一起去她家，我在那里除了看电视以外，完全不知该干些什么。"

"吴莉呢？"

"一回家就睡了。"

"我们去哪儿？"

"去——去吃饭吧。"

"我们不是刚吃完吗？"

"我怎么又饿了。"

"那好，去吃饭吧。"

"给。"

我接过大庆递过来的一个信封，里面是两千块钱。

"过两天还你。"

“不着急，你手边所有的钱都在钱包里？”

“是。”

“有多少？”

“五千。”

“真不幸。”

大庆拍拍我肩膀，叹一口气。

57

我和大庆坐在东直门内大街边上一个叫“金鼎”的廉价粤菜馆里，正是半夜十二点，“金鼎”开始上人，我们点菜的工夫就进来几十个，刹那间，整个饭馆拥挤吵闹不堪，于是，我们结账出来，我跟在大庆背后，绕过几辆在路边等客的出租车，走上马路。

忽然，我觉得大庆有点不对劲，至于不对劲在哪里，一下子说不清，我回想从下午我们见面到晚上这段时间大庆的表现，回想起大庆给我打的那个电话，总之，大庆确实有些地方不同以往，尤其是现在，大庆走在我前面，像个游魂似的，好像完全忘记我正走在他背后，只见他先往西走了一段，中间突然掉头，横过马路，向东走，过了东直门桥，再向农展馆方向一路走下去，中间竟没有与我说上只言片语。

我快走两步，与大庆并排，一拍他的肩膀，大庆哎了一声停住。

“什么事？”

“大庆——”我不知如何开口，只得说，“我走累了，坐会儿吧。”

于是我们便并排坐在马路沿上了。

大庆问我要一支烟，吸了起来。

“你困吗？”大庆问我。

“不困。”

“陈小露怎么样？”

“怎么样？不知道。”

大庆把眼镜拿下，用T恤衫擦了几下，重新戴上，然后前言不搭后语地问我：“你没事儿吧？”

我站起来，从裤兜里掏出烟盒，抽出两支烟，我和大庆一人一支，分别点燃。

“大庆——”

“啊？”

“你没事吧？”我终于找到问题所在，于是提高声调。

“没有啊？”大庆扭头看着我。

“别开玩笑了——今儿上午咱们通电话，你在电话里说‘回来吧’是什么意思？”

“什么意思？”

“什么意思？当时吴莉是在你身边吧？”

“是啊，怎么了？”

“我刚刚想起你的声调，那句话不是对吴莉说的！”

“那怎么了？”

“还嘴硬。”我低下头，“不想告我就算了。”

“又瞎猜——”大庆用平时开玩笑的口气对我说，不过，语气极不自然，我想，我猜对了。

“大庆。”

“啊？”

“晚上涮羊肉时为什么话那么少？”

“净听你讲陈小露了，哪儿插得上嘴？”

“陈小露来了以后呢？”

“还不是怕影响你们——”

“为什么这么晚不回家？”

“还不是误交损友，给你送钱来——”

“为什么闷闷不乐？”

“没有啊？”

“大庆——”

“啊？”

“你和吴莉到底怎么了？”

“我们完蛋了。”

58

对那时的我来说，世上还真有那么几件事是确定无疑的，比如：人生是盲目的，宇宙是由两种物质组成——发光的和不发光的，数学比起其他东西来是最简洁的，我是注定要死的等等——其中就包括，大庆和吴莉是无法分手的。

因此，大庆说出的话对我震动极大，无异于让我所相信的有限的那几样东西中又少了一样，我甚至忘记了与陈小露之间的事。

当然，我这么说谁都会一头雾水，那么如何讲清这件事呢？

由于我所相信的“一件事的历史才是这件事本身”这一定律，因此，要想弄清一件事，就得一一从头讲起，这当然麻烦至极。

59

在我微不足道的所谓人生见识当中，有一件事纯属私人偏好，那就是我的喜好。

不怕有人见笑，下面我竟想谈谈。

本质上，我只喜欢一类人，只对他们具有稍微持久的兴趣，这类人的特点是，他们的生活中总有一个念念不忘的目的，那就是寻找人生的意义。不管这类人是男是女，地位高低，学识深浅，际遇好坏，是死是活，是道德还是非道德，是否具有信念，是否追求真理，也不管他们用何种方式探索，我始终都喜欢这一类人。这类人在世上分布极广，不易辨认，况且大多死去多时，从本质上讲，这类人具有一个共同特征，那就是，他们都是一些失败者，他们对人生意义的寻找方法，往往是老波尔所说的“试错法”。

大庆不巧被我归入此列。

60

大庆的生活、创作、感情等等一切，始终围绕着人生的意义进行，因此，大庆与吴莉的关系之中也渗进对人生意义的追问，这是不言而喻的。

当然，吴莉并不知道这一点。吴莉是个一切正常的姑娘，她喜欢大庆，对生活要求简单，重视情感，在两人关系中极少犯错，并愿意与大庆白头偕老。补充一句，两人的精神及肉体生活大体和谐。

然而——

情感中究竟有无所谓人生的意义呢？人际关系中是否包含人生意义呢？在人际关系中，欲望到底起着何种作用呢？这正是大庆时常扪心自问的。

大庆极真诚，即使是面对自己最卑下的欲念也不手软，大庆敢作敢当，大庆有些学识，我说过，他会思考，会分析，会简单地定义事物，甚至，大庆会使用逻辑。总之，在我眼里，大庆是个有头脑的人。

大庆对我说过，世上只有一人是他永远念念不忘的，那就是吴莉，大庆对吴莉很有感情，吴莉简直是大庆人世间的一种象征及信念。

大庆也喜欢过别的姑娘，但对吴莉的情感始终与她们不一样。

大庆与吴莉一起生活十年，其间小波小折当然不断，但大庆始终对与吴莉的关系具有信心，这表明大庆对人际关系具有信心，这表明，大庆希望在与吴莉的关系中找到人生意义——无论这种行为用什么俗话来形容，比如爱啊、完美啊、沟通啊等等。

然而——

确定无疑的是，大庆与吴莉完蛋了。

大庆没有在吴莉身上找到人生意义。

我所有这些话听起来想必十分可笑，去笑吧，没关系。

61

那一夜，我与大庆坐于路灯之下，各怀种种沮丧烦恼之心事，一支支抽烟，后来我数从左向右行驶的车辆，大庆数从右向左行驶的车辆——我与大庆约定，当两边车辆刚好相等时我们便离去。

不幸的是，一直到天明，我们的愿望最终也没有达成。

62

上午时分，我回到农学院，疲惫不堪，却又兴奋莫名，自己完全弄不清是怎么回事儿。我躺到床上，睡意全无，于是爬起来，拉上窗帘，喝了一杯水，抽了一支烟，再次爬上床，把头埋在枕头里，仍然无法入睡。我闭上眼睛，强迫自己想着一片黑暗，不久，陈小露的脸便从黑暗中渐渐隐现出来，于是我翻身坐起，再次点燃一支香烟，抽了几口便熄掉，然后躺下，浑身放松。我慢慢闭上眼睛，在心里默数着一二三四，一直数到三十，没有反应，于是干脆翻身趴在床上，把头扎在被子里，一会儿，我觉得呼吸艰难，后背和前胸出了一层细细的汗，于是把被子掀起，推到一边——这样反反复复折腾了近一个小时，头晕脑涨，却是始终无法睡着。

我索性坐起身来，张开眼睛，一旦我把眼睛转向光源，便觉十分疼痛。我坐在那儿，干脆闭上眼睛，一会儿，我觉得身子一歪，身体轻飘飘地倒在床上，突然，我觉得渴极了，如果不起来喝口水嗓子里似乎便要冒出烟来，于是起身喝水，刚一躺下，又想小便，只好跳下床，光着脚来到洗手间，小便完毕，我已烦躁起来，于是穿起衣服，坐到电脑前，打开电脑，只写了三行剧本，便觉天旋地转，无法坐稳，于是扑到床上，片刻便睡着了。

我觉得睡了好久好久，到底有多久却弄不清楚，总之，乱梦不断，其中几次有什么原因让我从梦中醒来，都被我灵活闪过。我躺在那里，保持着一个姿势，一心一意坚持睡眠，不为任何外界刺激所动——出汗了，不擦！眼球跳动，不理！呼吸不匀，视而不见！姿势疲乏，不管！

就这样，睡眠与我若即若离，在我周围左右盘桓，让我提心吊胆，生怕会一下子重新醒来。不幸的是，就在我顽强地躺在床上的当口，突然，我觉得身子一滑，似乎从某个平台上翻身滚落，我急忙挺身挣脱，一下子，我睁开眼睛，头脑清醒，精神一振——我醒了，一看表，不过才睡下半个小时光景。

我无可奈何地坐起身来，茫然四顾，周围一片寂静，阳光从窗帘的缝隙中照在地上，在地上画出一条笔直的白线，电脑的风扇声随即钻入耳际，令人烦躁。我下了床，来到洗手间，用漱口杯子打了一杯冷水，一饮而尽，然后用冷水洗了洗脸，把脸上的一层汗渍洗净，最后，我转身走出房间，撞上门，下了楼，来到农学院的一条小道上，我走过小道，向右一拐，出了农学院，往前再走两步，是一个烟摊，我买了一盒三五牌香烟，一个打火机，然后再向前走，一直走入动力学院，没有片刻犹豫就来到公用电话旁，我从服务台换了一把零钱，抓起电话，点上一支烟，塞进零钱，随即拨通号码，于是，电话里传来陈小露的声音：“是你吗？”

我吐出一口烟，长吸一口气，不知为什么点起头来，话却一句说不出。

“是你吗？”还是陈小露的声音。

“是。”我说。

“我想给你打电话，可不知怎么找你，听说你那儿只有公用电话。”

“是。”我说。

“你还生我的气吗？”

“不。”我说。

“我一直在等你电话，从昨天晚上到现在，一直在等。”

“你怎么样？”我的声音总算可以正常发出。

“我想跟你睡觉。”

“在哪儿？”我前言不搭后语地问了一句。

“在哪儿都行，在街上也行，在汽车里也行，在地上也行，我一直在想跟你睡觉。”

“是吗？”

“是——你在哪儿？我去找你。”

“我在农学院，在电影学院教师楼，在——”

“我去过，我认识，你会在那儿吗？”

“我会。”

“你现在想操我吗？”

“想——”

“那我一会儿就到——你在几楼？”

我告诉她楼号及楼层，陈小露的电话当即挂断了。我靠在公用电话亭的玻璃墙上，浑身僵直，一直到烟头烫到我的手指我才一下子惊醒，于是梦游一样走出电话亭，来到街上。我走回农学院，靠在一棵树上，站了一会儿，坐回地上，我环顾四周，除了树顶的鸟叫声以外，什么也没有，不远处的前面，是一辆式样老旧的自行车，车轮的辐条上锈迹斑斑，车座破烂，再往前，就是我住的楼门，我就坐路边，背后是一片草坪，上午的阳光从背靠的树顶上倾泻而下，丝丝缕缕地落在我的身上。我抬起手腕，看看表，想计算一下时间，但表不知何时被我摘下，我站起身，走入楼洞，上楼，坐回床上，两眼定定地望着窗帘出神。

63

正在这个当口，赵东平推门走了进来："怎么连单元门都不关？"

"我刚出去了一趟，忘了。"

"怎么样，写到哪儿了？"

"第十集。"我说。

赵东平不时从他家里过来看我一眼，因为我们写的是连续剧，有很多东西要前后对上，往往他在后面写一个人物，我在前面就得交代两句，如果我在前面加一个人物，他后面也要给出结局，因此，我们每天都要碰头讨论。

"都十集了！可以呀，哥们儿才动了六集——难哪。"

赵东平有个习惯，就是每当写作受阻，就喜欢到我这儿来溜达一圈儿，看看我的进展。我指指空在电脑前的椅子："你看吧。"

于是他坐下，看了起来。

我倒到床上，两眼望着墙壁裂开的顶篷。

"一会儿一起吃饭吗？"他问。

"不想吃，你自己去吧，我不饿。"

"又没说现在，我说中午呢！"

"中午我也不饿。"

"你怎么了？"

"我懒得吃。"

赵东平的头从电脑显示器后面探出来，看了我一眼："你没事吧？"

我摇摇头："没事儿。"

为了不再与他纠缠，我说："我先睡会儿，你看吧，临走时把门关上。”

我钻进被子，闭上眼睛，耳边是赵东平的手指敲击换行键的单调声音，奇怪的是，这种声音在我听来竟是非常舒服，一会儿，随着敲击声的逐渐减弱，我睡着了。

朦胧中，我听到门响，想必是赵东平走了。一会儿，我咬牙下了床，把通向我房间的两道门全部打开，然后回到床上接着睡。也不知过了多长时间，我感到身边似乎有个东西在蠕动，我努力睁开眼，只见陈小露和衣靠在我的身边，“当当”两声鞋响后，她的腿也伸到床上。

“我困极了。”她对我说。

我“嗯”了一声，反手抱住她，我们两个便一同睡去了。

64

一觉醒来，天色已经黑得不见五指，我睁开双眼，侧耳细听，外面连车声也没有。陈小露睡在身边，呼吸平稳，我翻一下身，用背对着她，重又睡去。一会儿，我觉得背后陈小露也在翻动，就回头问了一声：“怎么了？”

陈小露一边脱去上衣一边对我说：“把衣服脱了吧，这么睡太不舒服。”于是，我们两个便把衣服脱去，再次睡去。

这一睡，昏昏沉沉，也不知到了什么时候。我再次醒来，发现陈小露一只瘦瘦的手臂压在我的身下，我把她的手臂从身下抽出。陈小露醒来，她向下钻了钻，头正好落在我的胸前，我低下头，吻了她的头发，她又往上钻了钻，与我接吻。

“几点了？”她问我。

“不知道。”我说。

“你饿吗？”

“还行，你呢？”

“我饿了。”

“起来吧，一起出去吃饭。”

“操我吧。”她说，同时，将身体仰面躺开去。

于是，我们做爱，天翻地覆，疯狂至极。

无论我如何抱紧她、贴近她的身体，陈小露总是不满足。

那一次，我吻遍了她的每一寸身体，指尖、脚踝、手臂，甚至她的耳朵。

完事以后，我们再次睡去。

65

深夜四点钟，我与陈小露一起来到东直门吃饭。刚才在她驾车驶来的路上，我坐在她旁边，抽着烟，默默无语。来到一家饭馆门前停好车，陈小露拉上手刹，熄掉火，然后在黑暗中对我一笑，接着叹口气。

“怎么了？”我问她。

她探身过来，吻着我的脖子，吻了很长时间，然后说：“这不是很好吗？”

我们走进饭馆，要了简单的两菜一汤，狼吞虎咽地吃了下去。

吃到快完时，我坐直身子，看着她。

“怎么了？”她问我。

“你吃吧，我吃饱了。”

“我真的饿了，从我们吃完涮羊肉，我就没吃一口东西。”

我本想说“我也是”，但话到嘴边又咽了回去。

“你现在在干什么？”她问我。

“写剧本提纲。”

“写到什么时候？”

“要快的话，再有三五天就能完。”

“然后呢？”

“然后等着，看制片方满不满意。”

“要是不满意呢？”

“还得再写。”

“你要一直待在那儿写吗？”

“不，我可以在家里写。”

“你一个人住吗？”

“是。”

“你住在哪儿？”

“安定门，离这里很近，要不要去看看。”

陈小露放下筷子，定睛看着我，半天，才一笑说：“好吧，我们去看看。”

我们出了饭馆，上了车，我问她：“建成说他跟你以前——”

“别听他们胡说八道，我认识他们的时间长了，五六年前就认识，这帮人里，只有你把我拿下了。”说罢，发动汽车。

我们沿着东直门大街向东，一直上了二环，没开两分钟，就来到我住的楼下。电梯停了，我们一起上楼，黑暗中，我拉着陈小露的手，听着她在我身后一步一步走着，一边走，一边出声地数着楼梯的数目。上到五层，我们休息了一会儿，我等着她说“走”后，接着走。就这样，一直上到十二层，我打开房门，拧亮灯，陈小露在我前面进入房间。

“我一直住这儿。”我对她说。

“还行——不错。”陈小露站到房间中央，对着房间环顾一周说。

“行是什么意思？”我问。

“就是说，跟你混混还行。”

“你想跟我同居吗？”

“我？”陈小露眨眨眼睛笑了，“我是说，你这儿挺适合跟姑娘同居的。”

“为什么？”

“这不明摆着吗？布拖鞋、咖啡壶、录像带、双人床、大沙发、电视、唱片、厨房——”

陈小露走进厨房：“你看，东西那么齐。”

然后，她走进洗手间，“咣当”一下落了锁。我坐回沙发里，望着我的小屋发愣。

66

在生活中，我最烦的莫过于有人说出诸如“猜猜看”的话来，也许是我自己不够智力，无法理解这种两头留有余地的说法，但我确实讨厌这种作风，我喜欢把意图讲明，而不是东绕西绕、遮遮掩掩，每遇到这种情况，我必满腹狐疑，心神不定。我不知道陈小露是什么意思，我一句句回想她刚刚所说的话，越想越弄不清其中的所以然来，于是，我来到厨房，烧了一壶开水，把洗碗池内的杯子碗碟尽数洗出，用纸巾擦干，打开碗厨，依次码放整齐，这时水开了，我关了煤气，用烧开的水泡了一壶绿茶，拿了两个干净的茶杯，回到室内，恰在这时，洗手间的门“喀嚓”一声打开，随着一阵马桶的冲水声，陈小露用一张纸巾擦着刚刚洗净的手走了出来。

“喝茶吗？”我问她。

“我正想，要是有杯热茶就好了。”

陈小露坐下，我给她倒了一杯茶，她拿起，吹着表面的茶水，用嘴唇轻轻沾了一口。

“你刚才说——”我想起她的关于同居的话题，但话到嘴边却不知如何说起。

“我说什么？”

“没什么，我忘了。”我慢慢把自己那一杯茶喝净，然后又倒上一杯，一切似乎在突然间不知从何说起。

“你搬回来住吧，”陈小露冷不丁说，然后看我一眼，“见面方便。”

“好，天亮就回去搬东西。”

“我跟你一起去。”陈小露说。

茶喝完了，我回到厨房，再次点燃煤气，又烧了一壶开水，返回时见陈小露在书柜前的一排录像带前面翻看。

“想看吗？”

“我想看朱丽叶·比诺什演的《蓝色》。”

“看吧。”

我打开录像机、电视，把录像带塞进带仓，在倒带的当口，我终于忍不住，问道：“你会搬过来吗？”

陈小露看了我一眼：“咱们不谈这个，行吗？”

我的心一沉，嘴上却像找不痛快似的接着问：“以后怎么办？”

“什么以后？”

“咱俩。”

陈小露有些沮丧地望向我，少顷，把目光转开去。

“哎——”我又叫了她一声。

“你就不能说别的吗？”她看着我。

“说什么？”

“比如：《蓝色》。”

“《蓝色》是一个名叫基耶斯洛夫斯基的导演拍的，除了《蓝色》，他还拍过《红色》和《白色》，三个女主角里我喜欢的是演《白色》的朱丽·黛尔比，最讨厌比诺什，连她演过的《新桥恋人》、《布拉格之春》我也讨厌，但愿让基耶斯洛夫斯基操过的是她——知道为什么吗，因为两个人很可能一拍即合，都够事儿逼的——还想听吗？”

“你什么意思？”陈小露脸上出现了不高兴的神色。

“没什么，我只是讨厌《蓝色》而已，《十诫》也讨厌。”

“《十诫》是什么？”

“破电影——同样是基耶斯洛夫斯基拍的。”

“那我不看了。”

陈小露把遥控器一扔，从座位上站起来，走了两步，坐到床上。

我想她一定从我的语气里听出了不满，于是，我们都不说话，陷入沉默，我抬眼看表，已是凌晨五点钟。

“你不看点别的？”我问她。

“我不想看了。”

“哎——”我看着陈小露，见她等我往下说，我便说道：“算了——就这样吧。”

“这样是什么意思？”

“就像咱们现在这样。”

“我累了——跟你在一起真累。”陈小露说着爬上床，躺下。

我坐到电视机前，打开电视，从带仓里抽出《蓝色》，换上一盘马丁·史高西斯拍摄的《愤怒公牛》看了起来。

我在心情不好的时候，时常看这部电影，这部电影讲了一个拳击手的故事，由罗伯特·德尼罗主演，整部影片干净利落，德尼罗的表演干巴巴的，但拳打得十分了得。

陈小露在我看电影的过程中，不时从床上欠身起来，往我这里看上一眼，然后又倒回去，我知道她也与我一同陷入一种进退两难的状态里。

两个多小时的电影看完，天已大亮，我关上电视，倒掉手边满满的烟灰盒，到洗手间洗了一个热水澡，换上一条洗得发白的牛仔裤，一件黑色短袖 T 恤，一件格子衬衫，然后开始打扫房间。

陈小露醒来，坐在床头，头发乱乱地披散在脑袋周围，一双大眼睛呆呆地看着在屋内外走进走出的我，一言不发，直到我擦净地板，回来以后看看实在没有什么可收拾的为止。

我坐回沙发，看着她。

“真够勤快的。”

“无聊罢了。”我说着，把一杯热水递到她手里。

“你要睡会吗？”

“不，我不困。”

“要吃东西吗？”

“不，不想。”

“也许——”她看着我，慢慢地说，“也许，这样下去对你不好。”

“对你也不好。”

“我可以离开他，可以找工作，可以跟你在一起。”她一字一句地说，“可是，一切得慢慢来。”

“从今天就可以，从现在——我可以和你一起，干什么都成，做推销员也行，或者，你先上学——”

陈小露长叹一声，忽然不再言语。

“你怎么了？”我问她。

“我——我还不了解你，我只是跟你上了床。”

我低下头，不知说什么好。

“我喜欢跟你上床。”陈小露说。

我看着她站起来，一步步走向她，不让她离开我的视线，我坐到她身边，拉住她的手，然后抱着她，把她的头放到我的胸前。

“我愿意跟你上床，没完没了地上床，除了上床，什么也不干，那样该多好呀。”陈小露在我怀里说。

这话听起来就像通俗小说里的话——我们去大草原，去深山里，去没有人的地方，就我们俩，没有别人，从此我们就会快乐等等，诸如此类。但是，陈小露的话仍然让我怦然心动，我不知道有什么东西阻止她与我在一起，但我知道她有与我在一起的愿望，这就足以让我把她的头更紧地抱在胸前了。

“我要刷牙洗脸了——一会儿，我跟你一起去搬东西，好吗？”

我点点头，陈小露从我怀里钻出来，懒洋洋地亲了我一下，然后奔向洗手间。听到门“咣”的一声关上，我向后一仰，倒到床上。

67

在回农学院的路上，我和陈小露恢复了常态，甚至开起了彼此的玩笑。从安定门出来，一直向北到安贞桥这一路有三个红绿灯，汽车堵成一团儿，陈小露手握方向盘，嘴里嚼着口香糖，一边不断地起步停车，一边与我开着玩笑，我不时注视她的侧面，由于睡眠充足，她显得非常有精神，脸色红润，说话声音也大于平时。

我们上了三环，到了蓟门桥右转，上了快速路，四十分钟后，来到农学院。我上楼去把电脑搬下来，陈小露打开后备箱，帮我装好，然后，我们一路开回安定门，在路边的肯德基炸鸡店吃了一顿快餐。我们一人吃了两个鸡翅，两个小圆面包，两盒鸡汁土豆泥，我喝的是咖啡，陈小露要的是可乐。然后，她把车开到我的楼下，我把电脑从后备箱里搬出来，陈小露把后备箱盖盖上，说："我就不上去了，下午有课，我回家取书。"

我手里抱着一个大箱子，对她点点头："好吧。"

"电话！"她对我做了一个打电话的手势，然后回到车里，我看着她慢慢倒车出去，掉了一个头，向公路开去。

我把电脑和显示器分两趟搬入楼中，上了电梯，回到家，装好，给赵东平打了电话，告诉他我在农学院写不下去，所以回家写，赵东平听了也没见怪，只是说每天通电话，相互告诉一下故事的进展情况。

我走上阳台，站在刺眼的阳光里，看着楼下二环路上紧紧连成一队、行驶缓慢的车辆呆呆出神，忽而，我觉得自己坐在陈小露的车内与她谈话，忽而，我想起我们夜里的温存，一时间，心里极不是滋味。

68

“人就是想跟你上床——你这样，早晚把人吓跑了，我的建议——”大庆把一杯扎啤“咣”的一声顿在桌上，手一挥，“去他妈的，操一次是一次，别的什么都甭想，想也没用。”

说这话时，我与他坐在西四附近的一个空荡荡的酒吧里，此时正是晚上五点整，下班的人流就从酒吧外面经过。

“吴莉好吗？”

“没信儿，放我那儿的东西也不拿，人就不见了，不知去哪儿了。”

“你们到底怎么回事？”

“不知道，没什么原因呀——”

“这一段吵过架？”

“没有——我天天在外面，她工作忙，回来就睡觉。”

“她说过什么？”

“没说什么——完蛋了。”

大庆性格内向，自己的事儿往往不愿对人多说，这一点，朋友们都清楚，他谈论别人的时候，往往把事情的发生和结果讲一遍，然后加上原因及自己的分析，但对自己的事往往守口如瓶，如果他不想告诉你，你就别想知道。

我们默默无言，又喝了两瓶啤酒以后，大庆说：“我接了一活儿，一连续剧，在上海，剧组在上海建，演职员都是上海人，后天走——你——混吧。”

于是，我们就在酒吧门前分手，各自回家。

69

大庆走了，这一走，一去不回，听说上影厂导演室正巧要招几名年轻导演，大庆便留在了上海。又过了两年，大庆回北京拍摄一纪录片，老朋友相聚，说到吴莉，大庆说吴莉当时给他留了一个小条后便搬到另一个城市，结了婚，生了小孩，用吴莉的话讲，叫做“过上正常人的生活”。而大庆也在上海找到自己喜欢的一切，爱尔兰咖啡、洋气的建筑、上海本帮菜，当然，还有皮肤细腻、身材细长、会说吴侬软语的上海小妞。

也许，在某个夜晚，大庆还会记起北京的一干人，还会记起他的年轻时代的生活，也许，大庆仍在坚持找寻诸如生活意义之类问题的答案——但，走在深夜北京街道的行人当中，缺少了大庆的矮胖身体，连同他的声音也不见了。朋友们有时聚会，偶尔会提到他，散场后，在某个路灯昏暗的街道边，歪歪扭扭走在洒着水的柏油路面上的建成，会指着一个在街头小便的醉鬼对我们大叫：“瞧，那不是大庆吗？”

70

今天你与他志同道合，一起吃饭，一起苦闷，明天他就能远走高飞，忽然不知去向。朋友是这样，别的也是这样，没有一个具体的始终如一的目标在前面，没有一个东西把生活统一起来，我时常感到自己如同一堆漂浮于河面的垃圾，随波逐流，两岸景色依次缓缓从身边经过，却跟我没有任何关系，到三十岁，我仍如以前一样，不知道我需要什么，什么东西又需要我，就这样晃晃悠悠地度过时光，远离一切具体的事物，伸手可及的永远是周围泛起的泡沫。是的，是泡沫，我内心不安，诚惶诚恐，总想抓住些什么，但是，当我伸出手去，捞起的总是泡沫，那些泡沫看起来仿佛是某种实在之物，待到抓起，才知什么也不是。起初，我还有些诸如焦虑希望之类的念头浮上心头，天长日久，也终于麻木，看到身边稀罕物件，连手也懒得伸一伸。于是，支离破碎的感觉便油然而生。是的，我的生活支离破碎，纷纷扬扬，就如同一片凌空飘扬的纸屑，没有痛苦，没有感觉，没有过去，也没有现在——然而，在认识陈小露的时候，我还不是这样，我为她的一举一动而魂牵梦萦，而且欲罢不能。

71

大庆走后，我失去一个平时没事儿也可以打打电话说说闲话的朋友，因此愈显孤单，于是把全部注意力集中在陈小露身边。我说过，我曾以为她会是我的救命稻草，让我看到新的生活，或者和我一起去建立新的生活，虽然那种生活是副什么模样我到现在也无从想象，但当时我却抱着一种幻想似的热望，我以为我们可以各自挣脱出身边的一切，我以为我们可以改变点什么，即使没有变好也不要紧，变坏也无所谓，至少，我认为一切都是可以改变的。

于是，我用三天时间写完手头的提纲，然后打电话给陈小露，告诉她，我的工作暂告一段落，打电话前，我甚至准备一篇长篇大论，用来讨论我们的将来，可惜，陈小露告诉我，她很忙，最近两天有一门课程结业考试，说等考完了再说，于是我只好耐心等待。

72

我认为，世上最叫人不堪忍受的东西便是等待——等待叫人不思茶饭，望眼欲穿，等待叫人灰心丧气，心神不宁，其中最折磨人的便是等待时的希望，希望，希望——但愿以后再不要提起它，每当我想到“希望”二字都不禁为之深深摇头，这两个字所表达的东西实在可怕，它是一种愿望，一种要求，一种叫人受尽侮辱之后仍不自觉的幻想，只要一想到它——希望，人们便能投入到更深的侮辱之中——一方面，等待唤起人的希望，另一方面，人却得忍耐，忍耐来自希望可能破灭的预感，等待就是在这两种自相矛盾的情感中一分一秒地度过的。而不幸的是，最常见的，人们等到的仅仅是破灭而已，而且，由于希望破灭，使得原来的悲哀更加深重。即使是希望成真，人们的喜悦也不会太久，因为激情已经在等待中消耗殆尽了。

写到这里，我想到了那些将死的人们，想到了那些处于疾病之中却苦挨苦熬的人们，想到了那些向股市中投注股票的人们，想到了那些望着满城灯火而在其中寻找自己家园的人们，想到了那些终日坐在办公室里，面对永无尽头的琐碎工作悄悄叹气的人们，那些分期付款购得小小安宁的人们，那些被命令、被呵斥、被侮辱、被损害的人们，我想到他们的等待及希望，那些凌云壮志，那些以为一切可以改变的英雄梦想，还有那些微末的小小的希望，那些幼稚的天真幻想，那些漂浮在北京上空的可怜的精灵——所有这些未能插上翅膀的小鸟，它们都在哪里难过，在哪里哭泣呢？

73

在等待陈小露的三天时间内，我上街购物四次，买回大量至少一年以后才会使到的东西。

做饭六次，每次至少做出三菜一汤。

收拾屋子三次，程度甚至于把书架上的每本书都擦过一次。

吸烟八盒，喝掉红白葡萄酒各一瓶。

睡眠四十小时。

读小报二十份，内容纷杂。

连平时从来不看的新闻播报也当作笑话集锦看过一两次。

读正经书两本，一本安德里亚所著《基督城》，另一本意大利人康帕内拉所著《太阳城》，两本书的共同点是，全是胡言乱语，不着边际。外国人的有意思在于，他们竟有闲心把世上绝不可能出现的情况罗列出来，结集成书。

看录像两盘，分别是特吕弗所拍的《法国中尉的女人》以及《朱尔和吉姆》，这两个片子的女一号的区别是，前者只想让一个男人操，后者只想让两个男人操，共同点是原因相同，当然是爱情。

听了施纳贝尔所弹的八张一套的“贝多芬钢琴奏鸣曲全集”一遍，贝多芬在奏鸣曲里表现的痛苦啊抗争啊意志啊之类曾折腾了他一辈子，我不幸也被其感动，在听的时候，脑子里也曾转出过离开陈小露的念头，但音乐过去，念头立即无影无踪。

瓦尔特指挥纽约爱乐乐团演奏、威斯敏斯特合唱团担任合唱的莫扎特的《安魂曲》听了十一遍。其中的很多唱段竟叫我听出了街头流行歌曲的味道。

即使这样，三天中，我也没能改掉每隔一会儿便检查一下电话是否挂好的恶习。

74

终于，我站在北京外国语学院的校门前，而对面陈小露正背着小包，手拿两本教科书向我姗姗走来，一瞬间，我竟疑心自己是否站在位于波士顿的哈佛商学院门口，等待一个高不可攀的哈佛校花。我迎上前去，满心欢喜，走近一看，陈小露却显得心事重重，顿时，一种古怪的不舒服的感觉涌上心头，连我的脚步都放慢了。

“怎么样？”

“我也不知道，也不知能不能过。”陈小露没精打采地说。

突然之间，我居然感到两人之间无话可说。

我陪着她走了十几米，从上衣口袋里拿出烟盒，抽出一支，放在嘴里，站住，点烟，深吸一口。我一抬头，陈小露也停住脚步，站在我旁边，看着我。

“你去哪儿？”我听到她这么问我。

“我？”我一时语塞，不知如何回答。上午我接到她电话，说要我到学校门口接她，但接她以后怎么样却没提，她这样一问，我更摸不着头脑了。

“你今天有事吗？”她又问。

“没有。”

“你陪我去友谊擦车吧。”

我点点头，未说一声，我们一前一后，走向路边她的汽车。

“我总是在友谊擦车。”她说。

我们上了汽车，开到“友谊宾馆”里面的一个停车场，有工人上来擦车。我站在一旁，正是下午四点半钟，停车场上没什么人，阳光充足，陈小露与我站在一起，看着工人们用接着水龙头的皮管子把车冲洗干净，又用肥皂水擦了一遍，又用水冲去肥皂，又拉开车门，把仪表板、方向盘擦干净，拖出脚垫子，在空中抖净尘土，最后是玻璃，里里外外、一块块用拧得干干的麂皮擦得透亮，这中间的半个小时，我们几乎没有说话。

“你有事吗？”玻璃擦完，我问她。

“我有一朋友约我找她，她开一个广告公司，就在蓟门桥，我们好长时间没见了，我要去看看她。”

我点点头。

“我还要去一个地方找一个人，去拿一封邀请信用来办护照，下个月我要去一趟泰国，我——我老公要我去的。”陈小露总把她的台湾人称作老公。

我再次点点头。

“给我一支烟。”她说。

我把烟递到她手里，她就在我旁边点燃，抽了起来。

我耗在那儿了，不知该怎么办，看得出来，陈小露也同我一样，气氛沉闷。

“那我先走了。”我说。

陈小露点点头：“那，好吧——再见。”

我向她招了招手，冲她笑了笑，我不知道自己为什么笑，也不知如何笑得出来，但我还是笑了笑，甚至想说“一路顺风”之类的话，但我没说，而是转过身，向一辆停在不远处的出租车走去。忽然，背后传来陈小露急促的脚步声，我回头，只见她向我跑过来。

“什么事？”我问她。

“你要是没事，跟我一起走吧，我去广告公司就说几句话，去拿邀请信也就一会儿的时间，你在车里等我，然后，我们一起吃饭。”

我站在那里，犹豫了半晌，不知该如何应付这种场面。

“来吧。”她拉了拉我的胳膊。

于是，我跟她回到车边，再次钻进她的汽车。

一路上，我简直不知如何是好，想说话，却不知说些什么，想下车，也不知该怎么说，我意识到，陈小露是那种与她上完床就应忘得一干二净的人。但是，她身上总像是有什么东西吸引着我，想想与我有过一夜情的姑娘总也有三四个，但我从未对其中一个产生过像对她那样奇怪的情感，我不知那种情感是什么。

随着见面次数的增多，我感到两人之间的距离不是变近了，相反，倒显得越来越陌生，我看着她下车会朋友，与送出来的朋友招手再见，又看着她上车，开到一个公司前，停车，下车走进去，然后手里拿着一封信边看边出来，我看着她再次上车，把信收起，长出了一口气，然后问我：“去哪儿？你饿吗？”

我随便点点头，没有说话。

她把车开到一个饭馆前，我们一起进去吃饭。这是一个上海饭馆，里面乱哄哄的，我们要了菜，等着吃，陈小露几次想跟我说话，几次也是欲言又止的样子。

吃到一半，终于，她对我说：“咱们算了吧。”

我长出一口气，点点头。

“对你不好。”她补充道。

“对我？我倒没什么。”

“其实我也没什么，我的情况你也知道，我就这样。”

我再次点点头。

“你觉得我——”她再次欲言又止。

“怎么了？”我问。

“我觉得，这样下去对你不公平。”

我故作轻松地笑了笑，把最后一口饭吃完，然后招手叫服务员结账。

我们一起出了饭馆，我准备与她再见，打辆车回家，不料陈小露却在我身后问我：“咱们去哪儿？”

我糊涂了，竟不知如何作答。

“去你那儿吧，我弟弟今儿领女朋友回家，我那儿不方便。”

于是，我再次坐上她的汽车，腾云驾雾似的回到我家，一进门，我们便拥抱在一起，滚到床上。我听到陈小露在我耳边说了两次“这样不好”以后，我把她抱到床上，开始乱搞，刚完事，我听到她对我说：“最后一次。”

这句话使我仍未明白是什么意思，我不知她是指刚做完的一次还是要再做一次。

接下来，我们又做了一次，中间我偷眼看她，只见她双眼紧闭，几颗牙齿露在外面，咬住嘴唇，一副很投入的样子。

事后，她迅速穿起衣服，坐到沙发上，望着靠床头吸烟的我说：“我们再不能这样了。”随后，又把这句话重复说了一遍，像是说给自己听的。我感到，她也陷入纠缠不清的矛盾之中。

“我喜欢你。”我听到自己这样说，我不知道我为什么这样说。

“我也是。”陈小露说。

“别去泰国了，跟我在一起。”

陈小露想了想，慢慢摇摇头。

“把汽车还他，搬过来。”

陈小露看看我，再次慢慢摇摇头。

“怎么办呢？”我听到她这样说，像是说给我，也像是说给自己听的。

我穿衣下床，来到厨房，打开冰箱，从里面拿出一筒凉可乐，打开，扶着冰箱喝了两口，然后回到屋内，坐到她身旁。

“我也想喝。”她看着我。

我把手里的可乐给了她，自己回到厨房又拿来一筒。我喝了一口，陈小露的手伸过来，抓住我的手，接着，她伸过头来，吻我的脖子，吻我的脸。

“我们不能这样下去。”我说，“你应当过独立生活，我愿意帮你，做什么都可以。”

“事情没有这么简单，我老公向我求婚了。”

“那么，你就结婚吧。”

“我不想跟他结婚，我对他没感觉，但他在我最困难的时候帮助了我。那时候，我第一个男朋友不理我了，我很伤心，把头发剪成一寸长，走在街上，自己都认不出自己来，他在街上遇到我，认出了我，每天给我送花，到我们公司下面的咖啡厅等我下班，让我觉得自己——”

“那你怎么办？”

“我不知道。”

“我怎么办？”

“我不知道。”

“我也不知道。”

“我不想跟他结婚，我从来没有想过要跟他结婚——我只想过跟我第一个男朋友结婚，每天在他上班前，给他把要穿的衣服拿出来，放在床边的椅子上，我一直都这么想，但他后来又喜欢上了别的姑娘——她是他以前的女朋友——”

我听陈小露讲她的过去总有两三遍了，她的过去很简单，只用五分钟就能说上一遍，陈小露讲给我听的时候却显得很复杂，前因后果罗列一遍，连她自己最后都有点理不出头绪，说着说着，我居然也能给转进去，总之，她无法作出任何决定，我也不知自己的角色到底是什么，该做什么，不该做什么，总之，一塌糊涂。

75

那一夜，陈小露就睡在我那里，第二天中午，我接到电话，去投资人那里谈刚写成的剧本提纲，陈小露也有事要办，于是，我和陈小露分手，各自散去。

事情到此，陷入僵局，按理说，我该抽身而退，了结一切，完事大吉，可是，奇怪的是，我并没有与她断绝往来，至于为什么，我也说不清楚，有时候，人就是会遇到这类事情。事到如今，我也无法理解我当时的情感，只能用一句“古怪恋情”加以总结。古怪恋情，说来简单，但当时对我却不是这样，与她在一起是我强烈的渴望，当然，我仍与陈小露经常会面，拖拖拉拉地混了四五个月，四五个月中，我一直处于一种极不舒服的位置上，这个位置描述起来非常困难，简直无法形容。

76

在我心情恶劣的时候，像所有其他人一样，我就会想办法解脱，解脱的办法也与别人没什么两样，为了不让陈小露这个名字再像以往那样牵扯我，我决定移情别恋，试着约约别的姑娘，尽管那时我对别的姑娘无甚兴趣，但总比跟陈小露死耗着强。

约会别的姑娘，说来轻巧，其实那纯属自我欺骗，要是真有别的姑娘可约，我也就不会耗上陈小露，但是，根据“凡事都有例外”这一定律，我决定试试看。

试试看的第一步便是找到电话本，我的电话本存在电脑里，一天下午，当我给陈小露打电话要求见面被她用种种站不住脚的理由推掉后，我终于打开电脑，找到电话本，先把上面的人名按照男女分列出来，然后从女性栏中把可约的人再列出来，可怜，只有一个人，她叫朱梅，是大庆拍的一个电视剧的女配角，此人性格活泼，记忆里她与我们一起玩时曾说过要换男朋友。于是我拨通她的手机，我报出我的名字，对方反应一会儿，似乎仍没搞清我是谁，于是我硬着头皮问对方在哪儿，朱梅告诉我，她在美国，正参加一个香港电视剧的拍摄，然后，她突然想起我是谁来，于是问我北京是否有戏可演，眼看谈话离题越来越远，我匆匆挂掉电话。我点上一支烟，两眼直直地发起愣来，烟烧到手时才略有察觉，顺手把烟头一扔，扔得真是地方，正落入桌边装废纸的垃圾袋，我正想是不是把烟头找出来，垃圾袋里就冒出呛人的烟味，接着，火苗出现了，顺便补充一句，我的垃圾袋由纸制时装袋做成，平时看完的废报纸、擦完桌子的纸巾、废打印纸等等都被我随手投入。眼看火苗越来越大，烟也越冒越浓，我急中生智，站起身来，打开窗户，看也不看，便把垃圾箱整个拿起，扔出窗外，然后意犹未尽地趴在窗口，向下观察，只见那个大垃圾纸袋冒着火光与浓烟，飘飘摇摇，一直向楼下坠去，不偏不倚，正掉在楼下花园中的一堆杂物上。我心中一紧，一场火灾眼看在所难免，于是我飞身出门，上了电梯，一直下到一楼，跑入花园，只见垃圾袋已经燃尽，杂物竟然丝毫无损。

我原路返回，重新坐到电脑前，接着审视我的电话本，眼睛从一个个女性名字上划过，好的不成，就退而求其次。我又选出几个姑娘，全是正经人，平时接到她们电话总是聊些不疼不痒的话，一旦不慎说出一句脏话，便会得到各种方式的纠正，为了显示她们正经，她们总在电话末尾劝说我几句，诸如你怎么还这样呀，你这样也太不正常了之类，每次与这样的人通话，我总是后悔不迭，挂了电话后必叨唠一句傻逼以示不满。但目前情况特别，也管不了那么许多，于是我开始一个个打出去，打了两三个，得到的答复不是要到我这里来玩顺手借录像带便是去听音乐会看话剧等等，总之，所有我讨厌的事情她们无一放过，一一兴致勃勃地道来，通一次电话后悔一次，终于，我在订了两三个想想便觉两眼一黑的约会之后，泄气地放下电话，不敢再向电话所在的方向看上一眼。

作为总结，我要说的是，一个人试图从恶劣的心情中解脱出来的结果大多不妙，理所当然，他的心情会坏上加坏，直至坏得无可再坏为止。

我遇到的就是这种情况。

77

顺便提一句正经姑娘。

正经姑娘大多姿色中等，徐娘半老，经验老到，由不正经姑娘变化而来的正经姑娘在这方面尤其突出：如果你想斗胆同她们亲一次嘴，便得冒上与她们结婚的风险才能办到；如果你要同她们谈情，必然味同嚼蜡，枯燥至极；如果你想同她们上床，必得钱包鼓鼓，还要加上指天发誓，说谎保证。正经姑娘对她们不懂的事物最感兴趣，表现得也最在行，就像吃饭穿衣这一类事情也不例外。举例来说，正经姑娘的着装品味往往跟从时装杂志，如果肥胖，必穿紧身服，如果瘦小，必穿不合适的套装，走在街上，很难把她们与鸡区别开来。如果吃饭，必定找准环境一流但饭菜难吃的那种饭馆，如果听音乐，必听门票贵的一场，如果看话剧，则非看先锋无疑，如果到了你们家，肯定要借走点什么，要不等于白来一趟，当然越多越好，并且以几个月后仍能记起还给你为荣。正经姑娘有如稀有瓷器，出行必须得你亲自去接，完事以后还得你送。正经姑娘绝对精明，处处事事绝不替你着想，她们绝不说真话，绝不喝醉，绝不付账，打麻将绝不输钱，到你家玩心血来潮会下厨房做两个小菜，但吃完饭后一准绝不洗碗。正经姑娘愿意听你讲黄色笑话然后付之一笑，但如你竟敢提出非分要求当然也必会遭坚决拒绝。正经姑娘如果遇人不淑则必称受骗上当，让你不得不想到她们这么说是因为自己骗局失误。正经姑娘如果觅得一新欢必挥泪斩旧情，而且对旧人不耐烦之极，似乎为了表现对新人忠贞不渝则非要对旧人残酷无情不可。总之，正经姑娘特点太多，数之不尽，她们极难到手，至于到手之后若想设法溜之大吉当然更是难上加难。

对于她们，我只能说，她们是一种经过培训的特殊礼物，如果谁想过上最无聊最枯燥的生活，那搞上一个一准没错。

78

在我接连给陈小露打了三个要求见面的电话，而得到三个不肯定的答复之后，我决定，不再给她打电话，如果她想见我，那么，让她见鬼去吧！而且，非但不与她见面，我得寸进尺，干脆痛下决心，结束这段怪异恋情。

作出这个决定，起初纯属出于无奈，但决定之后，心情一下轻松，岂止轻松，甚至有些得意，我跑到洗手间洗了个澡，换上干净衣服，把胡子刮净，对着镜子照了照，一瞬间，竟然飘飘然地觉得自己很酷。

正巧，我的剧本提纲得以通过，我去领第二笔预付时被通知要到一个郊外的饭店封闭写作，直至把十集剧本写完为止，得到这个消息，我如虎添翼，在出发前两天我已把该带走的衣服整理得干干净净、整整齐齐，并全部放进出门用的手提箱内，只等时间一到，拎起箱子就走。

79

出发前一天晚上，我和建成等一干人到工人体育场附近一个叫“洗车”的酒吧聚会，那天夜里下着小雨，同桌的有一个出版社的编辑老颓，我写的那个长篇小说就是老颓负责编辑。

下面讲讲老颓。

老颓，顾名思义，就是经常颓废，这与他的状态惟妙惟肖，此人也是我的一个朋友，他与我们的不同之处在于，一干人中，只有他一个人有职业，因此，夜间聚会对他来讲格外辛苦，因为我们天亮回家就可躺倒睡去，但老颓不行，他得顶着宿醉和哈欠去道貌岸然地上班，着实不易。老颓已婚，婚姻状况良好，事业也算顺利，但这也无法免除他的痛苦，老颓的痛苦与众不同，别人一般都把倒霉事告诉大家，而老颓正相反，他总是告诉大家一些好事，比如职位稍有升迁、单位分房之类，但这并不影响他颓废。我们有时简直弄不清他为什么整夜与我们一起，默默无言地喝掉大量啤酒，但有一点大家很清楚，老颓颇为内向，不爱把痛苦轻易示人，因此，一旦老颓兴致不高总能引起大家的一通猜测。猜测归猜测，结果却是不知，如果想让老颓讲出内心苦闷真比登天还难，天长日久，大家习以为常，并得出结论，老颓的苦闷属于抽象的苦闷，虽然如原罪如影随形跟着欧洲人一样跟着老颓，我们却无从得知。另外，老颓行踪诡秘，常常于聚会之间接一电话夺身便走，至于去哪里，去见什么人则守口如瓶，外人无从得知，有时一两小时后回来暗暗饮入大量啤酒，这使他越发显得神秘莫测，因此，老颓的颓废虽有目共睹，但却解释不一。

那天大家见面已是夜里十点多钟，照例，我们在一片无聊气氛中喝酒谈天，老颓再次提醒我修改小说，否则无法出版，我与他聊了一会儿如何修改之类。老颓接到妻子电话，啊啊了几句挂掉之后，说得回家陪老婆，临走时对我说："听说你跟陈小露混得不怎么样啊？"

"你怎么知道？"我随口问道。

"我刚才从中国大饭店咖啡厅出来，在大堂里看见她，正挎着一个男的往里走，我当时正打电话，没顾上跟她打招呼。"老颓对我晃晃手里的手机，站起身来，与大家道别，往外走。

这一句话，把我定在座位上，等我想再问他点什么，老颓已经出了酒吧的大门。

老颓从不说瞎话，这一点是肯定的，因此，老颓的话对我产生了奇怪的效果，以至于在他走后，我一边与同桌人胡说八道，一边竟至浮想联翩起来，想着想着，双脚便蠢蠢欲动。

我也没同大家招呼，便鬼使神差般地溜出酒吧，坐上一辆停在门外的出租车，对司机说："中国大饭店。"

80

中国大饭店，及至深夜一点仍能吃到可口牛排的地方，那儿的桌椅一尘不染，灯光永远明亮柔和，蛋糕永远新鲜香甜，音乐永远不刺耳，服务员永远亲切，价钱当然永远昂贵。

我不知道自己为什么会这样，我是指，仅凭老颓的一句话，便于半夜十一点，抛开朋友，奔向一个我已决定不再与之来往的姑娘，我也弄不清我行动的理由，更不知道见到陈小露我会如何。我坐在出租车上，心情复杂，恍惚间抱着一种荒唐奇怪的想法，那就是，如果陈小露果真在那儿，我就会远远地望上一眼，然后离去……

汽车上了长安街，雨还在下着，透过被雨淋湿的窗玻璃，我看到一连串的路灯以及街上行驶的各种车辆，这些静止和移动的灯光在雨中扭扭曲曲，忽而清楚，忽而模糊成一团，我想到陈小露对我忽而冷淡忽而热情的奇怪态度，不禁好奇心愈加强烈，混合着好奇的，是一股苦涩的味道，当我把头伸出窗外，迎向飘向面颊的阵阵细雨时，这种苦涩的味道便尤其炽烈起来。

81

汽车在饭店大堂前停下，侍者彬彬有礼地跑来开门，动作干净利落，给我留下极深印象。我走进自动转门，进入大堂，回头看一眼侍者，他们已在接待下一辆出租车。一时间，我停住脚步，想入非非，我想到自己扮做门童，当陈小露从饭店出来时，我为她拉开车门，在她拥着一个男人坐进车内的一刹，骤然见我为她关上车门，当车离去，我向她招手，望着后挡风玻璃里的她频频回头，我装作视而不见，令她满腹狐疑——然而汽车已徒然远去，如同流逝的光阴。若干年后，我仍每天站在饭店前，身着制服，为人打开车门，并且深为这迷人的工作所陶醉，决心一干到底。一天，我打开车门，陈小露蓦然出现，弯身下车，甚至往我手里塞进几块小费，而我则轻轻一躬，目送她婷婷进入转门，就在那一刻，饭店忽然轰然倒塌，既而在片刻间消失得无影无踪。我仍身穿制服，站于一个坟场前方，守护这片宁静的墓地，每日为想进入坟场的人打开车门，我在休息时会到坟场周围转转，白天，坟场一片静谧，只有轻风在天空一闪而过，但到夜间，坟场灯火通明，转眼间变做一个个体面的饭店，笑迎八方来客。我在那里百思不得其解，直至有一偶然机缘，我才凑巧弄清，我所置身的地方并不是北京的长安街旁，而是位于罗马尼亚的布列斯塔尼亚——传说中吸血鬼的故乡，而我已变成鬼魂，失却痛苦，如一股恶风般盘旋于世间，满心幸福地为在阴阳之间进进出出的人们打开车门，并以此为满足。

这么胡思乱想着，我发觉自己果真像个鬼魂一样走动起来，一直走到位于大堂前端的咖啡座，我用眼睛把所有座位扫视一遍，没有发现陈小露的影子，于是我又轻飘飘地走向里面的西餐厅。西餐厅门口放着一个摆着各种蛋糕的玻璃柜台，我经过柜台，再往里去，柔和的音乐声扑面而来，一个身穿制服的小伙子把我领到里面，我目不斜视，跟在他身后，来到一个角落坐下。

“先生要点什么？”

“黑森林。”

“还有呢？”

“一杯咖啡。”

服务员离去。

在我坐下的位置，几乎能够扫视到整个咖啡厅，我抬头看了一眼，没有发现陈小露，我站起身，走了几步，把没能看到的角落也扫视一遍，仍然没有见到陈小露。不知为什么，这倒让我有几分失望，顿时，我长舒一口气，走回座位，稳稳坐下，从上衣口袋里掏出一支烟，抽了起来。

我喜欢吃这里的“黑森林”，这是一种上面涂有一层巧克力的奶油蛋糕，形状很小，配上苦味咖啡刚好合适。由于身心骤然放松，当服务生端来咖啡和蛋糕之后，我竟在片刻之间吃得一干二净。这是我从没有过的经历，我是指，半夜三更，独自一人跑入饭店，在一流环境里吃蛋糕喝咖啡，在吃的一刻，我甚至还听到耳边响着的音乐。餐厅里空荡荡的，我是说，对于可容上百人进餐的宽敞大厅来说，只有三四个桌子上有人未免显得有点冷清。我站起身想离去，又一想，这样急匆匆地跑来吃个蛋糕未免有些荒唐，加之吃了点东西之后反倒觉得腹中空空如也，于是叫来服务生，干脆拿起菜单，一口气点了意大利面条、五成熟的牛排以及肉汤，准备大吃特吃一顿。在服务生离去的当口，我竟站起身来，手不闲脚不住地在桌子间走动起来，心情也松弛得一塌糊涂。

恰在我路过门口的时候，陈小露当头走进，她低着头，身后背一个黑色小背包，从我身边一闪而过，我的心一下提到嗓子眼。像是有某种预感，陈小露慢慢收住脚步，回过头来，我们的目光在空中突然相遇，一瞬间，由于事先无所准备，竟双双站在那里，不知道如何是好。

我张张嘴，可惜没有声音出来，倒是陈小露迅速恢复正常，走到我面前，对我文不对题地说：“你也来了？”

随即转动头部，用眼睛向四周看了一圈儿，像是寻找我的同伙。

我“嗯”了一声，没有下文。

“你自己来的？”陈小露回过头，诧异地望向我。

“嗯。”

“太巧了，我刚才要了吃的，然后去洗手间洗手——”

我点点头：“你怎么样？”

“我们坐着说吧，你坐哪儿？”她极自然地拉起我的胳膊。

“那边。”

我和陈小露走回位于餐厅角落我所在的桌边双双坐下，陈小露拿起桌上我留在那里的香烟盒，从中抽出一支，用火柴点燃，吸了起来。

我看得出，她像我一样不知所措，甚至比我还要不知所措。

“你约了人？”我问。

“就我自己。”

“真怪。”我叹道。

“是够怪的。”

像是为了证明我们的话，服务员过来，接连不断地端上陈小露的食物：一份面包，一份沙拉，一杯果汁，一份奶酪，一份煎鱼，一个汤，还有一盒烟，刹那摆满一张小小桌子。紧接着是我的，为了放下那些食物，我们不得不站起来，换了一张桌子。随即，我们吃了起来，但气氛极其怪异，因为从始至终，我们都不曾开口说话。

这一顿饭直把我撑得难以下咽，摇摇欲坠，但为了显得有事可做，我不得不装作很饿的样子把食物一而再再而三地统统咽下，直至盘子变空为止。陈小露却只是吃了两片面包后，就一直慢慢地啜饮那一杯果汁。

在服务员撤走空盘时，我抬起头来，试图对陈小露说些什么，但无论我如何努力，却始终未能想出要说的话来。

陈小露打量了我一会儿，叹了口气，低下头，她的头发散开，遮住整张脸，少顷，我听到她小声对我说："其实，我挺想你的。"

我没吭声，一动不动地坐在那里。

"我老公刚走，他这几天住这儿。"

我点点头，仍然不言语。

"我在我老公面前怕接你的电话，我刚刚在洗手间门前还在想是不是给你打电话。"

听到这里，我伸出手，抓住她放在桌面的手，握在手里，关于分手之类的念头早已被丢到九霄云外去了。

"我老公以前是一个月来看我一次，这一阵，他总往这儿跑，劝我跟他结婚。"

"你怎么想？"我问。

"我没答应，他刚才走的时候很生气，把电话都摔了，每回都是我送他到机场，这次他自己打车走了。"

"是吗？"

"你带我回去你那儿吧，今晚我想跟你在一起，要是不碰见你，我也准备去找你。"

听到这里，我把陈小露的手抓得更紧了。

82

我和陈小露走出"中国大饭店"，雨还在下着，每走几步，我们都要停下拥抱接吻，我抱她抱得很用力，甚至可以听到她的骨节"咯"的一声轻响。陈小露与我接吻时表现得非常疯狂，这样走到停车场，我们浑身上下蒙上了层雨珠。陈小露找到自己的汽车，我坐上去，我们开出停车场，开到长安街上，雨刷在挡风玻璃上扫出一片扇形，车内的马达声低得几乎听不见。陈小露把车开上建国门桥，刚一下桥，没开多远，拐进辅路，忽然在一片树影下停住。她随即扑到我胸前，把脸贴在上面用力蹭着，我感到我的上衣扣子划过她的脸，她侧着身，喘息着，把一条细细的胳膊伸到我的衣服下面，然后索性从下面撩开我的上衣，吻我的前胸和小腹，最后索性爬过来，坐到我的腿上，头顶着汽车顶篷，双手紧紧搂住我的脖子，她咬着我的头发，我听到她在低声说着什么，我感到她好像在用两只乳房把我顶进座位，由于无法找到一个可以使得上劲儿的姿势，终于，她动作缓慢下来，随后我听到她对我说："我真想叫你在这儿操我。"

说罢，回到驾驶座，发动汽车，把车一直开上安定门桥，然后驶到我的楼下。她从车里下来，抬眼望一望黑暗的高楼，在雨中，我听到她问我："你的窗户在哪儿呢？"

我走到她身边，抱住她，顺着她手指的方向，我也抬头向上看去，竟是一片模糊，哪里找得到我的窗户，黑暗中，只有雨滴从半空里悄无声息地落下，直掉进我的眼睛里。

"你知道，前天夜里，我来过这里，但我不知道那扇窗户是你的，我只知道你住在十二楼，十二楼有三个窗户亮着灯，可我却根本分不清你是住在亮灯的窗子里还是不亮灯的窗子里。"

"你为什么不电话我？"

"我——我不知够不够时间跟你上床——这几天，我几乎天天想跟你上床，想极了。"

"我们走吧。"

"周文——"

"啊？"

"我对你太不好了。"

"你别这么说，是我对你不好。"

“不，你不懂，是我对你不好。”

我抱紧她，抱得紧紧的，好像生怕她会眨眼间消失一样。

“你说——”她推开我，对我一笑，“我今天晚上要是大声叫喊，别人会不会听见？”

83

在我们做爱的时候，陈小露果真大声叫喊起来，声音大得出奇，尽管关着窗户，我敢保证全楼的人都能听到。那一夜，陈小露表现得非常疯狂，疯狂得叫人难以置信，我甚至不相信她那么一个小身体可以有那么大的力量，只要我一停下来，她就对我说：“别停，别停，我要，我要。”

84

时至今日，我回想陈小露，想到她向我所要的东西，不知为什么，我就是弄不清楚她想要的是什么。陈小露不会撒娇，也不会与我东拉西扯些不着边际的东西，她说话直来直去，在具体事物上显得非常明确，但是，抛开那些具体事物，我却无法看到她真正的内心世界，包括她对我的情感，我也始终无法弄清。有时，我觉得正如她所说的，她想我，喜欢与我在一起，有时，我又觉得不是那样。

85

天明时分，我们一起坐在床上。我一边抽烟一边听着音响里放出的音乐。陈小露手里捧着两三本从书架上找到的《世界电影》，胡乱翻看，手里端着一瓶我从冰箱里拿出来的瓶装甜牛奶，不时喝上一口，样子很满足，但不疲倦。

“哎——”

“什么？”

“明天我要走了。”

“明天？什么时候？”

“下午。”

“去哪儿？”

“一饭店，关在那儿写剧本。”

“多长时间？”

“一个月吧，也许两个月，写完为止。”

我用手在她背后划着圆圈，陈小露后背很窄，上身稍一晃动脊椎骨就显露出来，两只肩胛骨很小，如同两个掉到后背去的肩章。

她把杂志往边上一放，看我一眼：“现在才说——要不要我帮你收拾一下东西？”

“收拾好了，看。”我用下巴点一点放在地上的手提箱。

“一个人一间房吗？”

“是。”

“标准间吗？”

“也许吧。”

“这么说，我能去看你了？”

“当然，还可以一起吃饭，我们在楼下签单子就行，据说有一个中餐厅，一个西餐厅，饭菜还不错，另外，饭店里还有游戏机和游泳池。”

“我要是去看你，你不是连姑娘都有了？”

“那当然。”

“还不用花钱。”

“那当然。”

“你要我去看你吗？”

“你要是有空的话。”

“有人管你吗？”

“有一个制片人，过几天会去检查一下我们的进度，到餐厅看看单子，如果我们吃得太好，他也许会提醒我们一下，不过大家一起合作，这些事上估计不会有问题。”

“你以为我真会去看你吗？”

“我不知道。”

“我会去，不过——”她看着我。

“不过什么？”

“不过不许你去找饭店里那些姑娘。”

“你说服务员呀？”

“装傻！我是说那些提供特殊服务的！他们跟我说过你，你不用在我面前装什么好东西。”

“在你面前，我愿意尽量装得好一点。”

“为什么？”

“装给你看看，做做样子，行了吧？”

“你——”

“我答应你。”

“那么，把你手提箱里的避孕套拿出来吧。”她向我伸出手，手指不断地向里勾动，“而且，到了饭店里也不许买。”

“没有。”我说，“不信你自己去翻。”

“算了吧——那么沉的箱子打开太累，”她坐回去，伸了个懒腰，“不过，你有个不会说谎的名声，我就是听到这个名声才对你感兴趣的。”

“真的？”

“可是，我发现，就在这些日子里，你学会了——是吗？”

我点点头。

“你怎么发现的？”

“改正吧——用实际行动。”

“好吧。”

“去拿呀！这么依依不舍的！”她提高声音，为了加强效果，又顺手狠狠推了我一把。

我翻身下床，来到手提箱前，打开，翻找了一会儿，找到两盒避孕套，上床，交到陈小露一直伸着的手中。

“你看看！你看看！两盒！十只装！二十次！你不想混了吧！这是去写剧本吗？”

“你看看，想错了不是！这是我给和我一起写剧本的赵东平带的，就是他也不一定用得上，他媳妇看钱看得紧，所以带出来的钱也有限，和姑娘谈价儿大多数情况下谈不拢。”

“躲躲闪闪、花言巧语——男人呀。”

陈小露打开避孕套的纸盒，从中拿出一个，放在手里捏，笑了：“你看，滑来滑去，还挺好玩的。”

“送你。”

“我才不要呢！你品味可真差，连避孕套也不会买，也不知能干点什么！我告诉你，以后别买这种日本牌子的，你看看你买的是什么，看，超薄的！看，带刺儿！花里胡哨，什么呀！就差顺手再买一瓶神油了——你累不累呀！”

"够累的——简直累逼一个！"

"真是瞎买一气。"

"真是。"

"我告诉你，以后别信这些，要买就买DUREX，踏踏实实的，听见没有？"

"在看不起心理医生之前，性保健方面我听你的。"

她得意地笑了，"什么乱七八糟的。文人呀——"又摇摇头，"毛病太多，就连想操逼这样的话都说不出来，就是说出来，也要说得一钱不值，真没出息——放心吧，你的阴茎以后归我管。"随即轻轻扇了我一记耳光，然后抓住我的头发，使我的脸冲向她，"以后说话不要那么东绕西绕，要像这样，"她把乳头对准我，用力捏了捏自己的乳房，"看，看，记住我的话啊——你要是对我不忠，我就——滋死你！"

说罢，松开手，不管不顾地仰头哈哈大笑起来。

看着她笑得忘形的样子，一阵狂喜涌上我的心头，无需任何理由，我当即认定，陈小露百分之百是我的天仙。

86

我的天仙，你就是那种比照片还要好看的人，你就是那种睡着了也好看的人，你就是那种能够叫我笑出声的人，你就是那种不要音乐也可以在北京肮脏的灯影里跳舞的人，就是用《圣经》里的赞美诗来歌唱你也不为过，就是用再细腻的柔情缠绕你抚摸你也不为过，就是用再纯净的水滋润你浇灌你也不为过，你是那么可爱，比可爱还要可爱，你是长在北京的奇葩，每一条街道、每一幢房屋、每一阵风、每一束光都会因为能够在你的周围而战栗、而欣喜。

87

第二天下午，在我提着箱子打车的时候，陈小露与我告别，不断地说“给我打电话”，不断地吻我，不断地捏我的手指，不断地用身体轻轻撞击我的小腹。她戴着墨镜，细细的脖子，窄窄的肩膀，小小的个子，在阳光下，我清楚地看到她毫不费力就能摆出一副与我难分难舍的架势。当然，在我眼里，那是天仙的架势。

我坐着出租车来到三环边上的北影门口，制片人开着他的宝马车在那里等着，赵东平已经到了，正在车里摆弄制片人为我们准备的两台东芝笔记本。我把手提箱从出租车里搬下来，放进宝马车的后备箱，然后坐上车，制片人亲自驾驶，把我们送到位于北京郊外石景山附近的一个饭店。饭店环境优美，没有高楼，各个建筑物之间用回廊连接，中间还零星缀以小小花园，客房非常舒适、安静、整洁，写字台的高度也合适。制片人安顿好我和赵东平，动身离去，临走对我和赵东平说：“有什么事电话我，剧本的事儿上点心，能往好里写就往好里写，导演等着拍，演员等着演，电视台等着放，观众等着看，我等着挣钱，我知道你们在这儿囚着苦闷，没办法，快点写，早点走，我比你们还急呐。”在赵东平点头说“好好好”的时候，他已走出五六米，又突然转回身：“千万别回城啊，一回去，朋友一混，小蜜一泡，心就野了——”

“没问题。”我和赵东平异口同声地回答他。

“我可半小时往你们客房里打一次电话。”他仍不放心地叮嘱我们。

“我们不接。”我和赵东平再次异口同声地回答。

88

赵东平三十多岁，长得人五人六，一脸正气，生活极有规律，我是指，除了早晨七点起床、晚上十点睡觉以外，他还有一个属于自己的特点，那就是他的洁癖，每隔两小时，他必会把自己清洁一遍。举例来说，一般人小便一趟，事后会洗洗手，这是人之常情，但再往下做的人就很少，他就是那种再往下做的人，你很难想象一个人小便之后除了洗洗手之外还有什么事可做，但赵东平的厉害之处就在于他能想到，我知道他是怎么干的，他先冲马桶，冲三遍，然后刷马桶，然后洗澡，当然，主要是洗阴茎，然后是洗洗澡用的毛巾，然后洗肥皂，然后穿上衣服，这事儿才算完。所以，他做一件事的时间可以是一般人的十倍，我这么说是因为以前我跟他一起写过剧本，那次碰巧，我们住在一间房内，我只记得当时他总在我眼前身后小蜜蜂一样不停地忙，直把我晕得一个字也写不出。

我私下里认为，他这样做是因为，在内心深处，他总在为自己长得黑而焦虑着，因为长得黑，所以就认为自己脏，不干净，因此，就得时常给自己打扫一下。当然，这个解释我从来没有对他提起过，就是他把我当成心理医生，每小时付我五百元我也不会实话告诉他。因为此人听不得半句不尊重他的话，你要是随便夸夸他，多半他会以为你在讽刺他，但要是夸他夸到点子上，他没准儿也会突然忘乎所以，自然之间还会泄露出少许牛逼的样子呢。

不用说，刚搬进新环境，赵东平要忙的事儿多着呢。我在接上笔记本后去了一趟他的房间，他与我隔着三间客房，我推门进去，只见他身着三点，正手脚并用，挥汗如雨地用一块毛巾刷洗澡间的浴缸，我知道，他要打扫的还很多，所以点了一下头便回到我的房间。

89

我给陈小露打了个电话，告诉她我的住址、房间号及电话，然后告诉她到此来的路线。陈小露叫我说慢一点，她要记下来，于是，我又慢慢地说了一遍。她对我说："记好了——我问你，你开始写了吗？"

"我要先睡会儿，吃完晚饭看会电视，游游泳，再看看资料才会开始。"

"那是几点？"

"晚上十二点左右吧。"

"现在就开始。"

"为什么？"

"因为晚上十二点你要开始干别的。"

"干什么？"

"操我。"

"真的吗？"

"别忘了，你买了二十个避孕套——你不想白花钱吧？"

这就是陈小露的逻辑，我喜欢她的动人逻辑，因此，挂断电话，我立即抓紧时间，开始着手看资料，写剧本。

90

写剧本对我来说，一直是一种类似灾难性的经历。既是灾难，自然相当可怕，尤其是电视剧本。电视剧本当中最要命的是连续剧，连续剧中又以古装戏为最甚，古装戏里最让人受不了的是戏说之类。戏说，顾名思义，就是不真说，顺便说说，其实就是胡编乱造，它的当代意义在于把对当代现实中的不满放到古代去说，比如老百姓受苦啊，贪官横行啊，皇帝生活好啊之类，最后，作为一个美好的愿望，正义战胜邪恶，全剧终。然后呢？我是说，在全剧终之后发生了什么呢？这种问题，没人在乎，连我这个编剧也不在乎，我在乎的是，在我编写故事的时候，作为正义的一方除了被邪恶一方无情地折腾以外，往往无事可做，这让我写着写着不由得得出结论，也许，正义就是那种经常被邪恶玩于股掌之间的东西。这个结论让人十分泄气，但是，在写剧本的过程中，我认识到，不这样做又不行，因为所谓故事就是这么一种东西，以至于我绞尽脑汁都无法改变。故事的结局也让我特别恼火，因为正义一方必须得出奇制胜，在经历了那么漫长的磨难之后，在倒了那么多大霉之后，正义一方才能想出招数，让我简直就弄不清在这之前他们都干什么来着。

当然，这都是以往写剧本的过程中我所想到的，实际上，我写的正是一部戏说性质的古装连续剧，但这次我可没有那么多感慨，我坐在笔记本前，连翻扑克挖地雷的游戏都不玩，一直迅速地写下去，除了翻看资料以外，我的手几乎没有离开过键盘，完全进入到故事之中，中间写到爱情场面时，我不禁深深为笔下的人物所感动，甚至好心大发，让笔下的有情人在一个不错的客栈里踏踏实实脱净衣服困上一觉，顺手又让他们得到了一笔意外之财。

我知道为什么自己会这样，当我得到一个确定的消息时，我就会这样，我就会专注于手头的事情，即使做意大利面条也会一丝不苟，浑然忘我，我不再茫然，不再焦虑，不再不安，而是对将要发生的事情确信不疑，由于确信不疑，我就不再想它，反而能够忘却它。

是的，我对陈小露要来看我确信不疑，我对她将要属于我确信不疑，我对今后能够与她在一起确信不疑，我对我的天仙将与我分享另一种生活而确信不疑。我的状态很好，恶风已经停止，暴雨已经平息，乌云已经散去，就连暗礁也已绕过，我好像坐在地中海的游船里，享受着太阳的温暖和生活的甜蜜，就像普鲁斯特所说，我达到了那样一种幸福状态，那就是对自己愿意相信的东西确信不疑。

我写着剧本，不觉到了吃饭时间，赵东平过来约我一起吃饭，我说再写一会儿，他看我破天荒这样，满腹狐疑，坐到我身边，不断地问这问那，可把我烦死了。事实上，除了陈小露，我不想见任何人，除了陈小露的声音，我不想听任何人的声音，我沉浸在自己的充满隐秘快乐的小天地里，根本不想出来，我对赵东平的一副孤单单可怜样毫无怜悯之心，只盼着他快点离去，因此，我突然中断写作，冲进卫生间，反锁上门，坐到马桶上对他叫道："你自己吃饭去吧，我拉完了再去。"

隔着门，我听到赵东平骂了几句什么，出了我的房间，我立刻从洗手间跑出来，继续写作。我是用写作来忘却等待陈小露的漫长时间，我知道，一旦停止，我就会呈现出一副猴急的样子，抓耳挠腮，东游西转，坐立不安。为了防止搞这种可笑的表演，我不思茶饭，全力写作，勇往直前，只在写完一集后休息了一会儿。就是这一会儿，仅仅是这一会儿，只是这一会儿，我便在没人监视的情况下丑闻不断。我跑到走廊里，向着陈小露来的方向看了一眼，回到室内，打开电视，换了几个台之后关上，坐到椅子上喝一杯茶，一不小心没拿稳茶杯，致使三十毫升滚烫的黄色液体一滴不露地倒在裆里，我换上一条新裤子，然后跳上床，趴在那里，抱住一个枕头，嘴里叫着陈小露的名字，把脑袋贴到枕头的一头，用脸在上面轻轻蹭着，一条胳膊抱住枕头的中间，另一只手却胡乱摸向枕头的另一头——这还不是最可笑的，最可笑的事出在我的阴茎上，就在我把手伸到那个每个饭店房间都有的薄薄的破枕头的另一头时，阴茎竟在一瞬间忽举——天哪！

写到这里，我的手不知为什么停住了，汗也下来了，我不知道别人如何，但我在讲到自己的可笑事时会感到不好意思，即使我用最厚颜无耻的态度，抱着爱谁谁谁的心理去写也是如此。

91

我一直猜不透上帝的某些意图，比如，他让人在遥遥无期的最后审判到来之前无所事事，烦恼不已，比如他对人的性器官的设计——依我所见，至少对于我来说，这一设计不方便之极，可见他对人体工程未做任何研究，我不知道他为什么这么干，也许他认为那东西不算重要，随便有个地方放放便可，也许他觉得放在身体中间最难找的地方比较神秘？也许——谁知道呢？反正这么干的结果给很多人造成极大苦恼，如果这件事要我来干，我会把男女性器均放于大腿一侧，就像现在的大袋裤的侧兜一样，按男左女右的方式摆放，或者，我还有一些更有创意的设计，比如，每人一边一个？如果每个人都有双性器，那么所谓的两性关系的道德问题以及所有连带问题不就迎刃而解、一了百了了吗？——或者腰际？或者臂部？就是腋下也比两腿间要强啊！

闲话少说，我要说的是另一问题，即性压抑给人造成的苦闷。我是一个爱读传记的人，就我所知，除了居里夫人以外，还没有什么人在生活中不受性压抑的困扰，以至几千年来，几乎所有的男性人人为此愁苦不堪，怨声载道。在人世间，就连最让人着迷的精神恋爱都没有市场，漂亮妇女竟可不思进取以此过上很好的生活，而不漂亮的机灵妇女最少也可以此谋生。而著名男性一生的荣耀除了赢得战争、财产和尊敬以外，竟然还得以赢得阴道多少来作为奋斗目标，至于那些没有名的男性，暗地里也没少为自己的阴茎而四处奔波，其中的呼号转徙虽不太为外人知晓，但他们惨不忍睹的身影是可以想见的，多少宝贵时间就这样白白浪费掉了。怪不得那些诸如探索人生意义、宇宙奥秘之类的正经事儿没人干呐！

以我为例——算了，还是别说了，说了让人伤心——我只说说后果就可以了，本来，性交的目的只是为了生产下一代，但现在，性交问题几乎可说是渗透到社会生活的各个领域，只举上一例就够了——目前，性交居然作为娱乐而出现在社会生活当中，这与它的最初功能是多么的风马牛不相及啊！算了算了，还是不说了，如果有人能把我的创意付诸实施，那么无疑对人类做了一件功德无量的好事。或者，他有别的招数，比如，让性交成为一件痛苦之极的事情——其痛苦程度相当于往喉咙里灌进一碗微烫的辣椒水儿？更不用说更痛苦点，不用说去追求，就是让人听了也浑身不自在——总之，我认为这件事很重要，为了能唤起大家的重视和发明家的兴趣，方便记忆，我用北京黑板报上常见的宣传口号概括一下——

省下性交一事，带来好处不少，
男女混在一处，精神生活主导，
探索世界奥秘，享受艺术熏陶，
柴米油盐传统，仍然不能忘掉，
贫困疾病饥饿，工业革命解决，
根除性交饥渴，信息时代目标，
两性关系构建，时髦任重路遥，
上帝一招不慎，人类代价不小。

92

有时候，我喜欢写剧本，剧本因为要遵从某些娱乐原则，往往写着写着突然间会觉得十分有趣，可以让人暂时忘掉苦恼不堪的现实，但现实永远是现实，有如一个在家里不小心丢掉的电子表，那块电子表是你不小心丢掉的，你以为它从这世上消失了，不幸的是，你的家就那么大，它只是躲在一个你暂时想不到的地方，总有那么一天，你会重新发现它。如果现实是物质的，那么，它一定遵循物质不灭定律，如果它是精神的，那么，它也绝对遵循精神不灭定律，如果它既不是物质又不是精神而仅仅是它自己的话，那么它也严格按照“现实不灭定律”的准则行事，你无法让它消失，如果你想让它转化成另一种东西，那么你的努力最终也是徒劳，这就是我对现实的理解。

对于我来说，陈小露就是一个现实，起初，我遇见她，为她的一举一动所影响，于是，种种千奇百怪的情感就在我的心中应运而生，我渴望见到她，渴望与她交谈，渴望与她上床，为她狂喜，为她忧伤，为她颓废，为她不安，为她对我的态度而迷惑不解，我胡猜乱想，试图对我们的关系作出判断，试图对我的欲望作出分析，我思念、我渴望、我嫉妒、我多疑、我易怒、我敏感、我焦虑、我无奈、我叹息，事实上，我对她一无所知，只是道听途说了一些她的过去，以及从她的只言片语中获得某些关于她现在的信息。但是，就我所知的一切，似乎与我们的将来没有任何关系，稍一冷静，我便会意识到这一点，然而，从我遇到她那天起，到我在饭店里等她为止，我从来没有把她当作一个现实，而是把她当成别的什么，我用想象力把她置于另外一个世界，我把她当作我的天仙，除了得到她，还是得到她，似乎得到她，一切就会完事大吉，就像我写的剧本结尾一样，但是，那些结尾的后面是什么呢？我承认，我压根儿就没有想这件事，我没有想到，世上的一切事情居然没有一个结尾，那些事情只是在不断地发生、发生、发生，没有开始，也没有结局。也就是说，对于我和陈小露，我想到了很多东西，很多不着边际的东西，就是没有想到她与我一样，也是现实的一部分，我想我不该忽略掉“现实”这个至关重要的东西。

93

天黑了。

我突然发现天黑了，发现自己置于黑暗中。

我的周围不仅黑暗，而且悄无声息。

我感到了冷清。

于是，我打开所有的灯，顺手打开电视，我感到饥饿，一下午的写作让我在不自觉中喝了整整一暖瓶的水，当我拎起脚边的暖瓶时，竟发觉里面是空的，一如我的内心。

我拎起暖瓶，来到服务台，换了一暖瓶开水，然后回到房内。我把写完的东西存盘，关掉笔记本，再次出了房门，来到楼下的餐厅，中餐厅的菜单不错，就是我想吃的全没了，于是又走到西餐厅。我要了一份马来西亚式炒饭，一杯牛奶，一份奶油沙司烩玉米，一份焖牛肉卷，然后走到商品部买了一盒三五牌香烟，回到餐厅，等着饭菜上来。时间显得非常缓慢，菜左等右等不来。我在餐厅里四下溜达，餐厅还算大，灯光稍暗，放着大路货的轻音乐，墙上挂着几幅只有饭店餐厅才好意思挂出来的蹩脚风景油画，服务员不多，男女各半，身穿制服，表情麻木，由于缺乏应有的培训，他们竟极不礼貌地分布在各个显眼的位置上，叫人看上去很不舒服，仿佛他们在看守着你似的，此外，整个餐厅中吃饭的人也不多，大概都赶着刚刚结束的自助餐，好多尝几样菜。

我来到电话边，给赵东平打了个电话，不出我的所料，他正在洗澡，光着身子从洗手间跑到房内接电话，通过电话，他用不满的声调告诉我，这已经是第二次跑出来了，刚才他媳妇给他打了一个电话，说他中午走前没注意关严洗手间水箱的水，以至媳妇下班回家，发现浪费了水不说，挂在马桶边上的除臭剂也全被冲光了。他问我在干什么，一会儿游不游泳，我说我正吃饭，游泳的事儿吃完再说，给他打电话的另外一件不出所料的事就是，赵东平向我夸耀他刚才吃的自助餐："三文鱼大虾随便吃！"——这是他的原话。

我挂了电话，回到饭桌边，炒饭上来了，味道还可以，后来搬上的牛肉卷令人失望，为了冲掉牛肉卷的怪味，我又要了一小瓶日本生力啤酒，啤酒全喝了，牛肉卷却剩下一大半，接下来的烩玉米情形更加不妙，还好有一杯牛奶。我喝掉牛奶，结束这顿晚饭，出了餐厅，回到房间门前，突然，我感到自己是那么不情愿进去，不愿一个人孤零零地守候在里面。于是我走向赵东平的房间，到了门口，听到里面音量巨大的电视声，好像是一个谈论经济形势的专访节目，伴随着主持人的说话声，隐约还有刺耳的电动刮胡刀声。一想到要看赵东平刮胡子，我顿时打消了进去的念头，于是转身径直下楼，来到电子游戏厅。

在游戏厅前台，我买了一百元钢镚，去玩一个开飞机的游戏，这个游戏我不会玩，根本找不到敌机，我开着开着就结束了，再次起飞，依然如此，于是换到一个外国武侠游戏上，只玩了一会儿，由于手指要不断地迅速地敲击按钮，很快就酸了，只好换到一个开枪的游戏上，我打着打着，居然摸到窍门，每发必中，看着敌人“嗷嗷”惨叫，一个个毙命枪下，不禁感到十分有趣，可惜敌人太多了，打着打着，不觉眼睛累得冒出泪花，敌人一片模糊，擦去泪水之后，却再也打不准，终于把手中的游戏币使光，于是出了游戏厅。

我回到客房，用房门钥匙开门，电话铃响起，我三步并做两步冲进屋内，拿起电话，却是忙音，片刻，电话再次响起，我接了。一分钟后，他进来了，头上散发着洗手间配给的水果香波味，进来后一屁股坐到我的椅子上，打开笔记本，看了起来，刚看一秒钟，就高声叫喊：“你丫疯了吧，都写了一集了，写那么快干吗呀，咱还要在这儿多享受享受哪！”话音刚落，又喊起来，“啊！第二集你都写那么多了——你丫完全神经病一个！”

我笑了：“一个星期完成，我保证。”

“那我怎么办？”

“你——你自己在这儿享受吧，要不把你媳妇接来？”

“废话，她还得上班呢！”

“那你自己混吧，我可不想在这儿待那么长时间。”

“别，别——慢点写，慢点写——我刚才打电话踩点儿了，这儿有姑娘，贵是贵，可不知道长得怎么样，一会儿我们去歌厅看看。”

“成啊你——刚离开媳妇就想操别人，我给你媳妇打电话了啊——”

“我才不怵呢——再说咱就是去看看，还不定怎么着哪，我话说前头，难看的不要，太贵了不要，事儿多的不要——哎，你喜欢什么样的？”

“又不是选美，管她呢。”

“我不行，我就是冲着漂亮去的，要连我媳妇都不如，我不操，叫她们丫没生意。”

“这要求不高，估计那儿的姑娘能满足你——”

“我告诉你，我喜欢那种瘦瘦的，白白的，小小的，软软的，皮肤嫩嫩的，眼睛大大的，屁股圆圆的，头发黑黑的——”

“小腿儿细细的，阴道紧紧的——去你妈的，不就是幼女型的吗？”

“对啊——我就喜欢小逼——”

“你丫真够禽兽的。”

“我操，你丫装什么正经呀——”

“我不是装正经，我是对你那样的爱好不感兴趣。这样吧，要是有你说的那种姑娘，你操她，我把她妈叫来——”

“我操！”赵东平眼睛里猛地闪出兴奋的火花，“我——操！——咱们走吧。”

“我不去，没兴趣。”

“又装！”

“我没带那么多钱，要不你先借我点儿？”

这句话总算刺中了赵东平的要害，他立刻化兴奋为沉默，化沉默顾左右而言他，化顾左右而言他为看我的剧本，化看我的剧本为匆匆离去——真是太棒了！

我关上他慌慌张张走时没有关上的门，回到椅子边坐下，重新面对笔记本。我点上一支烟，看看表，已经快十点了，陈小露的电话还没有打来。

我来到电话前，抓起电话，只按了几个键就放下，然后回到笔记本边，准备把刚写的看一遍。洗手间的门开了，传出陈小露学赵东平的声音："我操——你丫装什么正经呀——我操——咱们走吧——我操——又装！"然后是她略带沙哑的出自天仙之口的笑声。

我回头，眼前的情形叫我大吃一惊，陈小露一丝不挂，光着脚，左手捏着她的真丝胸罩儿和内裤，右手拎着她的漆皮小背包，戴着墨镜，从洗手间晃晃悠悠走出来，先是锁了房门，然后走到我面前："你信不信，我就是这么来的？"

我盯着她，热血上涌，几乎瘫在椅子上。

陈小露走到我面前，经过我，走到床边，把手里的东西扔到床上，墨镜也摘下，又走到窗边，把留有一条缝儿的窗帘拉严，然后转过身，再次学着赵东平的腔调说："我告诉你，我喜欢那种瘦瘦的，白白的，小小的，软软的，皮肤嫩嫩的，眼睛大大的，屁股圆圆的，头发黑黑的——小腿儿细细的，阴道紧紧的——小逼！"

她一边眉飞色舞地说着，一边把手做成兰花指的式样，拿着戏曲份儿（她以前学过），依次指着自己被说到的各个身体部位，迎着我火辣辣的目光，走到我近前，在我向她伸出手去，就要够到她的一刹那，抬手给了我一记耳光："去你妈的，看什么看！"

我刚要说什么，她用手一指洗手间："你去对着镜子看看，看看你那一脸馋相儿，像作家吗像作家吗？你的严肃呢，你的庄严呢，你的话语权呢，你的灵感呢，我告你，今儿你非得给我作出个才气横溢的样子才行，要不老娘就不让你近身——”话音未落，接着一头栽到床上，迅速钻进被单，只露一个脑袋在外面，“别怕，你消费得起——今晚我大减价，来吧——”

对于这样的姑娘，你能说她什么呢？说她可爱？说她特别？说她聪明伶俐？说她漂亮迷人？说她妖里妖气？说她令人兴奋？说她不同凡响？我不知道，我想不出，我无法用语言形容，这是另一种花朵，鲜艳夺目，亮丽无比，就像炸开的五光十色焰火一样叫人叹为观止，她所展示的大胆粗俗和下流是那么得体，所有经她表现出来的一切都自然而然，生动有趣，完美无缺——除了叫她天仙以外，我想不到还有更恰当的称呼。

以后的事情我记不住了，但有一件我记得，在她说完最后一句话后，我由于心慌意乱，差点接着问出“多少钱”这句话来。

94

“你必须给我表演坐怀不乱，必须表演，现在就演，马上就演，立刻就演——来来来——别构思啊别构思，再构就假了——”

已经是后半夜了，陈小露还在跟我逗，她似乎是一台永不休止的发动机，可以没完没了地飞速转动，这是另一个迷人的陈小露，说实话，我早就被她完全弄晕了。

但是，光把我弄晕对她来讲还远远不够，她还要与我谈论别的东西，因此，天蒙蒙亮的时候，我们都两眼布满血丝，却一点睡意也没有，还在没完没了地聊天。我躺在床上，抽着烟，她躺在我旁边，头枕在我胸前，手指不是摆弄放在我肚皮上的烟灰缸，就是在我胸前划来划去。

“你知道吗，四月是最残忍的一个月，荒地上长着丁香，把回忆和欲望掺和在一起，又让春雨催促那些迟钝的根芽——这是谁说的？”她问。

“T．S．艾略特。”我答道。

“风吹得很轻快，吹送我回家走，爱尔兰的小孩，你在哪里逗留？——这是谁？”

“T．S．艾略特。”

“去年你种在花园里的尸首，它发芽了吗？今年会开花吗？——这是谁？”

“T．S．艾略特？”

“今晚我精神很坏，是的，很坏，陪着我。跟我说话。为什么总不说话。说啊。你在想什么，想什么？什么？我从来不知道你在想什么。——这是谁？”

“不知道。”

“还作家呢——这都不知道，告诉你吧——还是T．S．艾略特。”

“我也喜欢过艾略特。”

“又装。”

“我讨厌女诗人。”

“你骗我。”

“写东西的女的里面我喜欢吴尔芙，她后来疯了，跳河自杀——”

“还有女的自杀吗？”

“我记不得了。”

“女的就是不行，连自杀都比男的差——你说是不是？”

“我不知道，会自杀也不一定会写东西。”

“同性恋呢？”

“我喜欢的作家大多是同性恋。”

“谁是同性恋呀？有谁呀？”

“毛姆就是。”

“还有呢？”

“纪德。”

“还有呢？”

“多了去了——普鲁斯特。”

“普鲁斯特是同性恋？”

“当然了，不仅同性恋，还是受虐待狂呢，据说，他晚上老找纪德聊同性恋的事儿，也许在王尔德快死的时候还去看过王尔德。”

“讲讲，讲讲。”

“我都记不得了。”

“他们怎么同性恋呀？”

“我又不是，怎么知道？”

“你想想，想想嘛——普鲁斯特怎么同性恋？”

“据说，他弄几个男妓关在他的房间里，白天也不许走，谁要是走，就得向他请假，讲明理由，有的小男孩受不了跟他在一起，账也不结，就跑了，他就会感到非常悲伤，于是就把悲伤写在小说里，据说，为了写出真情实感，他才这样做的。”

“真的？”

“我是在他传记里看的。”

“你爱看王朔吗？”

“王朔的书我看过一半吧。”

“怎么样？”

“够贫的。”

“你说王朔是同性恋吗？”

“不知道，没听人说起过。”

“我上学的时候，特爱看王朔小说，我们宿舍有一个女孩，睡我上铺，看王朔简直看疯了，一会儿哭一会笑，跟个疯子似的，她长得挺漂亮的，那时候她要是遇上王朔，肯定会跟他睡觉，你信吗？”

“我不知道。”

“你以后不许写王朔那种书骗小姑娘，听见了吗？”

“我不会写他那种书。”

“我告诉你啊——你应该写村上春树那种，你看过村上春树吗？”

“看过《跳跳跳》。”

“《挪威森林》你没看？”

“我有，还没来得及看。”

“回去看，回去看，特来劲，真的特来劲。”

“我现在很少看小说，我写剧本，小说写的很少。”

“别写剧本了，写剧本不好，你应该写小说。”

“写小说无法生活。”

“你真没出息。”

“没办法。”

“没办法也要写小说。”

“钱怎么办？”

“借呀——笨蛋。”

“开始还可能有人借你，时间长了，就没戏了。”

“我借你，只要你写小说——他们说你会写小说。”

“我想想吧。”

“我从小就想跟作家混，看着他写小说。”

“你够怪的。”

“我告诉你，要是你写小说，我就帮你找编辑发表。”

“你想什么呢——编辑怎么会听你的？”

“笨蛋，我跟他睡觉呀！——他要是不发，我就跟他睡觉，看他发不发——”

“要是编辑是女的呢？”

“笨蛋！找男编辑啊！”

“我觉得你干得出来。”

“是——我干得出来，这对我太容易了。”

“你别这样——你要是跟编辑睡觉，我就不写小说了。”

“那好吧，你要是觉得用不着我，就自己跟他们睡吧。”

“我？——算了吧。”

“你放心吧，我就是跟编辑睡了，也不会告诉你。”

“你——你为什么要让我写小说呢？”

“如果连小说都不写，那活着还有什么劲呀！”

“要是你愿意跟我一起混，我就写小说。”

“真的？”

“真的。”

“你说话算数啊。”

“我不会骗你。”

“现在我告诉你为什么第一次见到你就跟你睡觉吧——我读过你的小说，你写的长篇我在大庆家看过，是我让大庆把你介绍给我的——不知为什么，看了你写的小说就想跟你睡觉。”

“你这人太怪了。”

“你是怎么开始写小说的？”

“说起来话长。”

“说说。说说。”

“我上高中时，和外校的一个女孩混，我给她写诗，后来，开始写小说，有一天，她对我说，现在你小，是我的小作家，你属于我，以后等你长大了，成了大作家，就不属于我了。她的话虽然听起来很酸，却让我很感动，就开始写了。”

“她呢？”

“谁？”

“跟你说这话的女孩？”

“早跟我掰了。”

“为什么？”

“看不上我呗。”

“是你甩的人家吧？”

“不是。”

“又骗我——你能不能对我说点真话。”

“我没骗你。”

“哎，我问你，她是不是你写的阿莱呀？”

“不是。”

“那她后来怎么样了？”

“一上大学就掰了。”

“那阿莱呢？”

“那是我上大学认识的。”

“她漂亮吗？”

“一般。”

“你喜欢她吗？”

“那当然。”

“她为什么不跟你好了呢？”

“是我甩了她。”

“又骗人。”

“我没骗你，我说过，我不会骗你——”

“那么，以后我也不会骗你。”

“……”

“……”

“……”

“……”

95

那个在饭店客房里的夜晚，我认为是个了不起的夜晚，我永远不会忘记。

96

一切都是偶然的，就像是愿望达成，就像忘记失望，就像被踩死在行人脚下的蚂蚁，就像与行星相撞的彗星，就像盛开的红玫瑰，就像被风吹散的晚霞，就像被云遮住的月亮，就像身边的地狱。

如果我不会回忆，不会阅读由文字书写的历史，不会观察现实，就会认为一切都是必然的，偶然便失去力量。多少次，在梦中，我仿佛置身于一团飞速旋转的火球之内，突然之间，火熄灭了，我被烧成了一股随风飘扬的轻烟，我洋洋洒洒，我茫茫然然，我不知所终。

我自己有一本字典，随着年龄增长，很多字词都被我从其中一一划去，这些字词对我不再具有意义，天长日久，我的字典越来越薄，终于变成一页，而那一页也被我一分再分，最后只剩下一个词对我具有意义，那就是“烦恼”，它是我的朋友，每天与我窃窃私语，即使在梦里，也从未止息。与陈小露度过饭店里的一夜后，我的朋友突然不辞而别，杳无音信，这反倒让我惶惶不安起来。

我说过，我一直背对生活，我的一切存在于生活的背面，我喜欢生活的背面，我站在那里，把生活变出的戏法逐个拆穿，并从中获得无聊的快乐，但是，那个夜晚，使我激动的夜晚，却让我宁愿相信假象而不顾真实。那一夜，我与陈小露来到窗前，拉开窗帘，一边乱搞一边遥望夜空，夜空黑暗而宁静，漂亮得难以形容，一轮丝毫没有缺损的圆月悬浮在空中，颜色澄黄，如同一滴巨大而混浊的眼泪，陈小露的两只柔软的乳房就趴伏在冰凉坚硬的窗台之上，而她望向月亮的眼睛则比月亮还要清澈明亮，我听到她轻声呻吟，如泣如诉，就像从天空中落下的音乐一样虚无缥缈。

97

二十个避孕套使完了，十集剧本写完了，用了十五天，这是我在那个郊外饭店住的所有时间，十五个白天和十五个黑夜，比白纸还要洁白的白天以及比墨还要黑的黑夜，每一分每一秒都有它自己的重量和体积，每一分每一秒都放置恰当、精确无误，如同一首乐曲的每一个四分八分音符。每一分、每一秒、每一分、每一秒，都像是从天堂降落的会舞蹈会嬉戏的精灵。每一分、每一秒、每一分、每一秒，都长着透明而清新的翅膀，都念着可爱而迷人的咒语。每一分、每一秒、每一分、每一秒、每一分、每一秒，无论是廉价的化纤地毯，还是洗得不干净的床单，还是怪里怪气的饭菜，还是电视里刺耳的声音，还是服务员的不合身的制服，还是玩不过去的电子游戏，还是温度过低的游泳池的池水，还是土里土气的花园，还是每日配给的淡而无味的劣质茶叶，还是酸倒金牙的情话，还是荒唐骗人的许诺，都无法让我抹去对快乐的感觉——十五天，每一分、每一秒、每一分、每一秒、每一分、每一秒、每一分、每一秒组成的十五天。

98

十五天后，我结束工作，收好东西，领到报酬，打道回府。

陈小露开着车，我戴着她的小而又小的墨镜，录音机里放着王靖文的歌，后备箱里装着我的行李，我们就这样一路驶回北京，就如同从彼岸驶回此岸，就如同从梦境驶回现实。

99

汽车停在我家楼下，我刚要出门拿行李，陈小露一把拉住我，我停止动作，回头望向她。

“我就不上去了。”

“为什么？”

“我还有点别的事。”

“要我帮忙吗？”

“不要，我自己的事。”

“那么，我等你电话。”

陈小露一愣，转眼笑了起来。

“你还真想跟我同啊？”

她说话有很多习惯，比如把同居说成同，把学英语说成学英等等。

“你什么意思？”

陈小露再次笑了起来：“算了吧，要不了几天你就烦我了。”

“我忍着行不行？”

“那我烦你呢？”

“你也忍着点儿。”

“我问你，这半个月操我操没操够？”

“没有。”

“看我看没看够？”

“没有。”

“去你妈的吧，骗谁呀？”

“去你妈的——没骗你。”

“得了吧，十五天！一个作家，就是操艾玛纽·贝阿也操够了——要不你就不是作家。”

“我不知道我是不是作家，但我会开始写作。”

“你把我话当真了？”

“我自己想写。”

“回去写吧，我真的要走了。”她看看表，突然作出一种不耐烦的样子。

100

我对不耐烦的样子十分敏感，可以说，不耐烦的样子是我最讨厌的样子。第一次看到这种样子也是从一个姑娘脸上，当时，她离我而去，而我却不识时务，跑到她那里去找她，于是我看到了这种被我称之为“不耐烦”的表情，这种表情告诉我，姑娘对她们已经不感兴趣的男人是多么的残酷无情，无法容忍——从此，只要我见到这种样子就会凭空里火冒三丈，怒不可遏，无法自制。

对方可能没想到，这种强烈的反应有一大半是对我自己的，因为这种表情总是提醒我，我是多么的不会察言观色，多么的不通情达理，提出的建议或要求多么的令人尴尬，而我的判断失误又是多么的令人难堪，特别是，我突然会察觉到自己居然竟敢再一次偷偷摸摸地对别人对生活生出幻想！我简直无法原谅自己这样做。

在我小的时候，我认为生出幻想非常可怜，因为幻想无法实现。长大后，我对幻想的态度更加恶劣，没有任何可以通融之处，简直是厌恶得无以复加，这是因为，对于自尊心来说，根本无法接受来自幻想的侮辱，这是因为，对于一个普通人来说，除了自尊心，他其实一无所有，如果接受侮辱，就要放弃自尊，如果连自尊也要放弃的话，那么这个人顿时降格为奴隶，身为奴隶，便没有人格，没有人格，则变成别人的工具，也就是失去了存在的任何价值。最不幸的是，人受侮辱，主要是来源于幻想，幻想要求人对自己有新要求，于是产生希望，为了希望，为了那个最不值钱最不要脸的希望，人们竟然就会去为其奔波，接受侮辱，这样做的结果通常是，极不可靠的希望终于破灭，人在为其奔波的过程中，由于习惯于侮辱，终于丧失人格，沦为物质，沦为工具。这是我的一个小小的经验之谈。

也正是因此，我把不耐烦的表情同这许多东西联系起来，于是顿觉心中一空，眼前一黑，立刻感到如坐针毡。我不再看陈小露，我说了句“好吧”，下了她的车，她拔下车钥匙，跟过来，为我打开后备箱。我取出行李，放于地上，把墨镜摘下来，还给她，对她招招手：“那么，再见了。”

“再见。”她说，戴上墨镜。

我头也不回地走进楼中，来到电梯间，按了一下电钮，等着电梯下来，心中既愤怒又万分沮丧。为了让自己平静下来，我点燃一支香烟，吸了几口，不知为什么，我突然在电梯就要到的一瞬间，扔掉香烟，提起手提箱，离开电梯口，走到楼梯间，一阶阶地爬上去。

我飞快地爬着楼梯，一层又一层，中间几次喘不过气来，几乎虚脱，但我就像正在被鞭挞的牲畜一样不停地向上爬着。我感到晕眩，双腿无力，胸口发闷，但我仍不停止，一口气爬上十二楼。我打开楼梯间的门，来到家门前，我放倒箱子，坐在上面，从口袋里掏门钥匙。突然，我听到房间里面传来电话铃声，出于直觉，我感到是陈小露，也许她忽然感到我有些不对劲，或是因为别的什么原因，总之，我觉得这个电话一定是出自陈小露，因此，我手一摸到钥匙，就本能地想去开门。就在钥匙接触锁孔的一刹那，我突然意识到自己的行动是多么的迫不及待，这让我和自尊心无法接受，于是动作戛然而止，手垂下来，一切半途而废。电话铃仍在响着，一阵紧接一阵，为了不让自己去开门接听电话，我走到楼道中间的一扇窗子前，打开窗子，看了一眼下面空荡荡的花园，随手把一串钥匙扔到楼下。我探头向下，只见钥匙在空中一闪便不见了，落地的声音也听不见，我把头收回来，关上窗子，回到家门口，再次坐到手提箱上，长长吐了一口气。

电话铃徒劳地响着，五六分钟光景，如我所愿，终于消失。

我来到电梯边，按响电钮，电梯隆隆而上，电梯门打开，我走进去，电梯门关上，我下到一楼，走出楼门，陈小露的车不见了，我来到花园，在一片杂草丛中寻找我的钥匙。

钥匙很快找到，我在花园里漫步到心如止水，方才上楼，回到家里，把手提箱放到厅里，然后走进屋，坐到写字台前。一层细细的汗珠突然间从身体各个部位冒了出来，我再次长出一口气，继而叹息再三，直到汗珠消失。我环顾四周，还是那天我走时的样子，写字台上，陈小露一直说倒未倒的烟灰缸还摆在手边，里面的一支留有她口红的香烟竟仿佛还未完全熄灭的样子。

101

有时候，人会感到伤感，这是一种极不健康的情绪，因为伤感往往出现在人们无力改变现实的时候，出现在人们回忆的时候，出现在人们软弱的时候。那一天，我坐在写字台边，用手拂去电脑显示器上的灰尘，把烟灰缸整个扔进垃圾袋，又转动坐椅，目光扫视房中一切。这时，伤感便自天而降，犹如一记突然袭来的重拳，还没等我伸手抵挡，便把我彻底击倒在地，就是这样明目张胆、大大方方而来，它站在我面前，厚颜无耻而又趾高气扬，此种作风，当然十分讨厌，而我却无法对此局面作出任何反应，只是闭上眼睛，听凭这种感觉的发落。也不知过了多久，我清醒过来，从垃圾袋中把烟灰缸捡出，来到厨房洗净，又走回厅里，打开手提箱，把里面的脏衣服分门别类地放成两堆，掀开洗衣机盖，放进半箱水，倒进洗衣粉，然后把一堆衣服扔进去，把定时针拧到半小时，开始洗衣服。我坐在洗衣机边，手里拿着一本书，也看也不看，只是出神地听着洗衣机忽转忽停的隆隆声。半小时后，一堆洗完，我又一件件抖开，用衣架晾在阳台上，然后重复上述过程，洗第二堆衣服。洗完后，我把手提箱里的其他用品物归原处，给还在饭店辛苦奋战的赵东平打了一个电话，鼓励他继续顽强地写下去。

顺便提一句赵东平，在我和陈小露如胶似漆时，他则心猿意马，不平衡之极。首先，陈小露每天来看我，于是我在她不在时拼命写作，根本没工夫跟赵东平闲聊，陈小露一来，我关起房门，当然对他绝不理睬，因此，他的孤独可想而知，别的我忘记了，我只记得他带去的八千块钱被他这个视钱如命的人花个精光，这种情形颇为少见，也不知如何向他媳妇交代。再者，我走时，他的十集只进展到三集，也不知我走后他如何能把后七集糊弄过去。

我之所以写的如此迅速，是因为我以为能尽快回家，与陈小露一起生活，这种生活我们几次提及，而她每次提及都兴致高昂地与我共同描绘，这样，在我头脑中便形成一个错觉，以为她当真愿意如此，并且也能办到。我于是辛苦张罗，把共同描绘的无影世界视为真实，于是尽快赶奔而去，没想到，我四脚如飞，我风驰电掣，我如期到达，我以为一步登天，可惜回头一望，她却原地未动，而我则独自进入必须有两人才能成为乐园的家中，顷刻间，乐园变成监牢，我成为自己苦心营造世界的囚徒——可气的是，由于不擅记取教训，这种自取其辱的情况在我烂泥糊不上墙的人生中曾不止一次地发生！真是可悲可叹！

102

我讨厌姑娘拒绝我，不管什么样的事，不管在什么样的情况下，也不管为什么。

对喜欢的姑娘，我从不提出任何要求，就是不给她们拒绝我的机会。

对我来讲，喜欢一个人，就意味着永不拒绝。

无论什么样的事，无论在什么样的情况下，也没有为什么。

永不拒绝，这是偏执而可怕的情感，我知道。

我错了，我更应知道的是，我也应学会拒绝——拒绝一切，拒绝一切的一切。

103

也许，我是个浪漫至极的幻想者，也许，我只是一个性交爱好者而已。

我弄不清自己，我在回到家洗完所有脏衣服又抽完所有烟的时候我还弄不清自己，弄不清陈小露，弄不清一切。

但我知道，欢欢喜喜回家准备与陈小露共同度日这一想法是一个地道的蠢想法，当一个蠢想法发自内心的时候，当然就成为蠢之又蠢的想法。

当一个人为蠢想法着迷的时候，这个人注定是个蠢货，当他发自内心地为蠢想法着迷的时候，这个人当然就成为蠢货中的蠢货——不言而喻，在这方面，我是指争当蠢货之王方面，我不幸地一而再再而三地遥遥领先——那个词儿叫什么来着——“冠军”，操他妈冠军。

不要笑，在写出这些话的时候，我的泪珠儿还在眼眶里打着转儿呢。

然后，我表情恢复严肃。

肺腑之言：这真是一件应当严肃对待的事情。

104

回家三天以后，我作出决定，放弃剧本，开始对我来讲真正意义上的写作，我是指，小说。作出这个决定后我轻松了很久，生命短暂，脆弱，一钱不值，在里面苦挣苦熬实在荒唐，最无耻的充满谎言的体面生活对来我说枯燥无聊，它所树立的希望人所共知，恶俗不堪，即使是作为换换口味，我也要原地转身——为什么不试试更为绝望的生活呢？

那天天气热得出奇，阳光从窗外直射进来，我顶着烈日，站于阳台之上，把头探出窗外，望着楼下二环路上一辆接一辆行驶的汽车，把嘴里的未抽完的香烟吐到空中。看见小小烟头缓慢下坠，我不禁兴致勃勃，我感到自己正像烟头一样，带着微弱的火光，缓慢下坠，一瞬间，竟以为区区十二层楼便是深渊。

105

小说写作，对我来讲，意味着改变，不是变好，而是一切变坏，一切变坏的标志便是停止谎言，说出实话。说出实话并不容易，实话意味着穿过谎言布下的迷雾，去寻找事物的真相，当然，找到真相无法做到，最起码，也应向着真相可能所在的方向追问几声吧。

我就是抱着这种态度开始写作的。

106

在我生活当中，见惯了这样的人，他们对自己了如指掌，认为凡愚昧无知必是别人，凡恰当妥帖必是自己，一句话，他们初出娘胎便已至善至美，无需任何学习便已事事精通。他们对生活的见解也异常独到，认为不断提高社会地位经济地位就是爬向成功，认为生活便是柴米油盐，便是劳动与娱乐，如在生活中屡遭失败也可用“活着是福”来自我安慰，除了活着，他们对什么都漠不关心，除了自己已经知道的东西以外，什么都没用，人生无需多讲，只需经历一番便可。这样的人往往大同小异，窥一斑而知全豹，他们一茬茬活在世间，自生自灭，自知其苦，自得其乐，坚强勇敢，令人尊敬。这样的人充满人世间，直把人世间搞得枯燥到了极点，几乎难以居住，但凡你要厌倦他们，那出路只有一条，就是听死人谈话，也就是读书，读那些活着时非常有趣的人写的书，因为这样有趣的人物少之又少，所以，他们留下的书本就显得物以稀为贵。我想，这就是我所认为的写作的意义。

当然，能够进行写作的人十之八九也是属于滥竽充数，混入写作队伍当中也不算难，问题是，判断出自己是不是东郭先生并不难，倒是对自己的判断深信不疑是件难上加难的事情——自开始写作到现今为止，我每日都会溜到镜前，仔细观瞧辨认，通常看到的东西总令自己十分失望，于是咧嘴苦笑，然后心中充满悲哀地离去。

特别提及，这一动作纯属自然而发，竟然无法制止，直至现在，简直成了一幕每天自动上演的令我哭笑不得的丑剧——你可知道我仍坚持写作是什么意思吗?

我说过，写作，就是说实话，面对自我时，绕来绕去十分无聊，而沉默不讲则是虚伪，只讲一部分而不讲全部则是说谎，而且是说谎中最坏的一种。

关于别人避而不谈的话题我是说得太多了。

107

开始写作这件事让我暂时把陈小露放置一边，我把自己沉入记忆中的世界，查阅自己幸存的日记和以前留下的只言片语，经过整理，慢慢摸索自己曾经糊里糊涂走过的人生道路。有时记忆中断，于是停止写作，找来与我个人兴趣有关的书籍，通过阅读和思索来作自我分析，并记录下来，以此作为我写作的参考材料，我把这种活动称做“我的工作”。

我的工作范围极广，从第一天开始便一下到达不着边际的地步，事实上，我根本就不知道我所做的是什么，但是，仅仅几天，我却从中获得不少乐趣。我从来就不是一个自信的人，随着年龄增长，我对自己不自信这一点倒是越来越自信。因此，我对自己在工作中得出的结论往往游移不定，所以，我的写作也充满疑虑，我时而怀疑自己是否具有写作才能，时而对自己写的东西疑神疑鬼，写下一页，不知所云，再写一页，依然如故，但我依然坚持不懈，我时而觉得应从内部描写生活，时而觉得外部也应提及，总之，下笔千言，离题万里。然而即便这样，我也无法做到煞有介事，在没有完全认定某种东西之正确与否之前就不管不顾地继续下去。当然，这里面有很大原因是源于我不自信，而且，不知为什么，自信的人总让我感到十分别扭，对此我曾百般思索，不得其正解，但有一点或可提出让人讨论，这是我仅仅凭感觉得来的，那就是，自信的人往往把其自信以专横的形式表现出来，而面对专横，我往往无所适从，因此，别扭之情便油然而生。

108

我十分欣赏老维特根斯坦的《哲学研究》，就是前言部分的文字也让人喜欢，随便摘录几段如下：

我在本书发表的思想是我过去十六年来进行哲学研究的结晶，它们涉及许多论题：意义、理解、命题、逻辑等概念，数学基础、意识状态以及其他论题。我把所有这些思想写成一些论述，即一些短的段落。它们有时成为关于同一论题的拉得很长的一根链条，但有时我又突然改变，从一个主题跳到另一个主题。——起初我打算把所有这些东西汇集成一本书，我在不同时候把这本书的形式想象成不同的样子，但重要的问题是这些思想必须以自然而然的顺序从一个论题进到另一个论题，中间没有脱节之处。

我曾几次企图将自己的成果联结为一个整体，然而都没有成功。此后我认识到我永远也不会成功。我所能写得最好的东西充其量不过是一些哲学论述。

——我的成果在流传中遭到各种各样的误解，或多或少地被冲淡甚至被歪曲了。这使我的虚荣心受到伤害而颇难自制。

——因为自从我十六年前重新开始研究哲学以来，我不得不认识到在我写的第一本著作中有严重错误。

我把这些东西发表出来是心存疑虑的。尽管本书是如此贫乏，这个时代又是如此黑暗，给这个或那个人的头脑带来光明也未尝就不可能是本书的命运——但当然，多半是没可能的。

我并不愿意我的著述会使别人免除思考的困苦。但是如果可能，我希望它会激发某个人自己的思想。

我本想写出一本好书来。这一愿望未能实现。然而，我能够改进本书的时间已经过去了。

一九四五年一月　剑桥

太帅了！然而，真正帅呆了的是前言以后的内容。

没有自信，没有不着边际的胡说八道，朴实无华，然而又异常优美明确。

在老维的文字里，见不到一句废话，几乎可与牛顿的数学公式相接近，读来有时虽然费力、却又痛快无比——而相比之下，现在正时髦的福柯、杜拉斯之类就显得啰里啰嗦，漫无边际，简直不值一提。

我认为老维特根斯坦的写作才是写作！

109

面对老维的这种写作，我真是伤透了脑筋，这种伤脑筋的感觉十分讨厌，无论我如何地写，两面对照一下，往往觉得自己像一个小丑，十分无聊，这就是我“不可告人的痛苦”之一。

于是，我无聊地面对自己的写作，依然努力，内心却绝望得像一只滑向深渊的小烟头儿。小烟头儿悲剧的不可救药之处在于，它在下落的过程中已经熄灭了。

我不怕别人的嘲笑，因为从来没有人能笑到点子上。但顶住来自自己的嘲笑着实不易，这在我的写作中表现得十分突出，我要写作，就要顶住来自自己的嘲笑。我犹犹豫豫，但始终不忍放弃，渐渐地，通过写作，我与自己做起了残酷的游戏，这个游戏极复杂，我在这里不多讲，但游戏的结果我可以告诉别人，那就是，我慢慢地断定我的人生一无价值，说明这一点也很容易，我发现自己除了陈词滥调，没有任何新鲜东西可以示人。因此，在我心情好的时候，我管自己叫“饭桶”，心情坏的时候，我称自己为“造粪机器”，当然，这样叫不全是因为我心情好的时候就跑到厨房吃东西，心情坏的时候就跑到洗手间排泄。

关于我的写作，就谈到这里。

110

“嘿，老黑，你知道吗？今天白天我把我媳妇儿给操了！”

喊出这句话之际，建成正好与我隔着一张饭桌，他手持一杯扎啤在空中挥舞着。我们当时是在东四附近一个叫“红宝乐”的小饭馆里，在座的有建成、老黑和两个老黑带来的在歌舞团跳舞的姑娘，正是深夜，那是在我开始写作一星期后。

“你丫别呀，少喝点儿——”

“你少废话，你别管我，你给我倒上，倒上！”建成举着空杯，老黑只好给建成的空杯里倒上啤酒，“我告诉你老黑，我就爱操媳妇，谁的媳妇都成。以前咱年轻，有钱，不爱操自己的媳妇，爱操别人的，现在咱日薄西山了，咱不行了，咱只好操自己的媳妇了。我告诉你，老黑，咱这么多年朋友，我告诉你，为了晚上出来跟你喝酒，我白天就把我媳妇操了——你说我够不够朋友？”

“够朋友！够朋友！——哎，建成，你先把裤子提上，咱够朋友，你想想，你在东单体育馆保龄球的跑道上脱裤子的时候，是谁给你穿上的？”

“我不记得了。”

“你把裤子提上，建成——”

“我裤子在哪儿呢？我怎么看不见呀？”

“你脚脖子上。”

“内裤掉了吗？”

“掉了，早掉了。”

“你骗人，老黑。”

“我没骗你。”

“你骗我了，老黑。”

“建成，建成——”

“你真的骗我了，老黑，我告诉你，老黑，你骗我了，你知道为什么吗？我告诉你，我已经一年多没穿过内裤了。”

建成一屁股坐在椅子上，作出一副大失所望的样子，无须多讲，建成又喝醉了。

老黑穿一身深灰色金利来西装，黑色衬衫，打着一条上面画着一串老鼠的白色领带，活像一个大哥。建成也穿一身西装，大大的白色棉布衬衫几乎拖到大腿中央，裤子确实掉了，因为建成刚刚上了一趟洗手间，可能是忘了系皮带便急着跑出来与我们喝酒说话。这种夜晚饭局，我经历多次，早已见怪不怪，而老黑更是轻车熟路。

事情起因于建成，他一个人夜晚逛美术馆边上的三联书店，买了一包书，忽然饿了，于是来到不远处的“馨乐”，喝了一杯酒后感到孤单，于是想到朋友，老黑正巧在附近带两个姑娘看人艺的话剧，于是过来一起吃饭，不久，人越聚越多，我也被从家中叫了过来。我到时建成刚刚喝醉了，大叫着提出要吃小鸡炖蘑菇，但“馨乐”没有这个菜，于是转来“红宝乐”，在转场的过程中，其他人见事不妙，纷纷溜走。

建成大醉之后，虽难缠，却极有趣，难缠是因为你没有醉，得照顾他，有趣是因为你也喝得大醉，于是与他一起共度天伦之乐。此刻，他就是极有趣，因为我喝醉了，当然，老黑也没有幸免。

“老颓呢？”

“走了。”我答道。

“走了？”建成四下张望一下，“他不是要来看看你写的小说吗？”

“我忘了给他了。”

“你拿来，拿来——我看看，我看看——我要看看文坛的后起之秀在写什么。”

我把我刚写的小说打印稿递给他。

建成拿起我的稿件，二话不说，一下掷于地下，然后慷慨激昂地对我说：“周文，你这么年轻，为什么要把时间浪费在小说上面，你说，你为什么，放着钱不挣，酒不喝，小妞不操，你告诉我，为什么？”

“不为什么。”

“不为什么？我告诉你，我是过来人，我告诉你都什么人写小说，我告诉你写小说都是什么人，我认识好多写小说的，我告诉你啊——”

“你坐下说，你坐下说。”

老黑拉着建成的衣襟让他坐下，老黑这样是怕建成摔倒在桌子上，一会儿还得收拾。

“你让我说，你让我说——”

“谁不让你说了——”

“我坐下行了吧，我坐下你就让我说了吧？”

“你说吧。”

“老黑，你的姑娘呢？”

我把目光望向两个姑娘，俩姑娘靠在一起，睡着了。

“建成——你帮我劝劝周文，叫他写剧本——我把姑娘送回去吧——都他妈喝多了。”

“老黑你走吧——开车小心点——”

老黑站了起来，叫两个姑娘，三个人往外走。

“老黑，我有句话要对你说——你过来。”

老黑走到门口又退回来，建成看着两个姑娘出了门，对老黑说：“也没别的事儿，我想让你替我干件事儿。”

“什么事，你说——”

“回去替我操操那俩姑娘，站着操那个小逼，趴着操那个骚逼。”

我大笑起来。

“没问题，你小心点——”老黑说。

“我没问题，我和周文聊文学，我们文坛的事儿你就别操心了。”建成说，然后对着仍大笑不止的我说：“怎么样，语言仍然硬朗吧？”

“再见了。”老黑冲我们点点头，走了出去。

我仍然大笑不止。

111

老黑走后，我叫服务员收拾一下，把不吃的菜收起来，把桌子擦净。建成提上裤子，把自己收拾停当。我们要了一壶沏得很浓的酽茶，建成果真与我聊起了文学。

“周文，不瞒你说，我在文学上也有过雄心，有一天，我拿着被编辑部退回来的小说稿，突然意识到小说是什么——那天我和我媳妇刚结完婚，我回家的时候我媳妇还在睡觉，天已经黑了，我看着我媳妇躺在床上，脸上涂的胭脂还没擦去，头发上还有亮纸屑，她的红缎子小棉袄就放在床边的沙发上。我手里拿着退稿，我就坐在床边，把退稿读了一遍。那是我写的一个短篇，讲的是一个鬼故事，讲我梦到的一个鬼在黑夜里的电梯上碰到我，我不知道她是鬼，当时我住八楼，鬼住十八楼，我们俩差着十层，我们都从一楼坐起，电梯门一关，我就打开报纸读。她是个女鬼，站在我旁边，用一个化妆盒在化妆，她拿一盒火柴，燃着一根，烧一下，便把火吹灭，然后用火柴梗来描眉毛。电梯开到六楼时，突然，灯灭了，电梯停了，我不再读报纸，而是用手敲打电梯的铁门，希望有人听到，找来电梯工救我们出去。那个住在十八层的鬼是个姑娘，很年轻，以前我出门时经常在电梯里碰到她，除了知道她住在我们楼里之外，别的什么也不知道，每次我一见到她就多看几眼，因为她实在很漂亮。我敲了一会儿电梯门，没人应，我想到电梯里还有一个姑娘，我奇怪，她为什么不和我一起来敲门，于是回头看她，只见她仍然在一根根地划火柴，描眉毛。那个姑娘真的十分漂亮，我只能在火光燃着的那一小会儿看看她，她不说话，也不看我，就用眼睛看着火柴，然后等着火熄灭。于是我开始跟她搭话，问她住哪儿什么的，我问一句，她说一句，我问她这是第几次碰到电梯坏了，她说是头一次，我说我也是头一次，我又问她家里还有什么人，她说就她自己，我问她结婚没有，她说结了，我问她有没有小孩，她说没有，我问她以前在哪个学校上学，她说她不在北京上学，我问她丈夫在哪里上班，她说不上班，我问她在哪里上班，她说她不上班等等等等。因为我净想着下一个问题问什么，却没有怎么认真听她的回答，也不觉得有什么怪的。我还介绍了一下自己，我说我住八楼，没事儿可以到我们家玩，我也没工作，在家待着写小说，以前有个女朋友，后来女朋友结婚了，新郎不是我等等。我和她东拉西扯，在我说话的时候，她从来不插嘴，也不问我任何问题，就听我说下去。我说着说着就说完了，但我怕不说话以后会冷场，冷场就会很尴尬，你知道我这个人最怕尴尬，于是就不断往下说，希望能引起她的兴趣。但是话总有说完的时候，忽然，就像短路一样，我的话完了，这是突然之间的事，我发现自己再说不出下面的话，于是沉默下来，我希望她能说两句，但那个姑娘好像完全无所谓。于是我们就一言不发地站在电梯里，我拿着报纸，她在那里划火柴画眉毛。这之间好像有一会儿工夫了，我忽然觉得自己又想出一些可说的话来，有话说就不会冷场，不冷场就会觉得舒服点儿。就在我话刚要出口的那一瞬间，我突然想到一个问题，我看着她的眉毛越画越黑，好像没有什么问题，但是，我一想，不对，因为她的动作是这样的，先把火柴点燃，等火灭了之后再用火柴梗画，虽然她手里拿着镜子，可是，她是如何在黑暗中看到自己的呢？有了这个问题之后，我再次看她，真巧，她的火柴划完了，我看到她把最后一根火柴划燃，然后把空火柴盒扔到地上，最后，火灭了。我们俩待在黑暗里，一点声音也没有，我越想越不对，越想越害怕，于是转身开始敲门，当时是夜里十点多钟，敲了半天，根本没有人应，但我还是不断地敲，我用脚踢，用肩膀撞，甚至用头撞，因为害怕，所以除了敲电梯门以外，什么也想不到。敲了一会儿，我觉得累了，但我还是不停地敲，我知道，只要我不停止，就可以不想到身后的姑娘，我当时已明白了，这个姑娘是个鬼。在没有真见到鬼之前，我对鬼从来没在乎过，我老给姑娘讲鬼故事，吓她们，可真的遇见鬼以后，我发现自己很害怕，怕得要死，我不知道为什么，但就是怕。也不知过了多长时间，我终于累得不行了，胳膊越来越软，脚也没有一点儿力气，慢慢地，我停下来，发觉浑身疼得要命，还出了一身汗，上衣裤子都湿透了，终于，我发现自己连站都站不住了，于是喘着粗气蹲下来。我蹲在那里，双手抱在胸前，把头缩进衣领，两只耳朵支起来，听着电梯里的动静，奇怪的是，除了我自己的呼吸声外，我听不到任何声音。我屏住呼吸，但还是听不到，这时，我蹲也蹲不住了，只好蜷着腿，坐在地上，两只手抱在腿外面，把头放在腿上，我想，要是鬼过来，我就一脚蹬过去。这样待了好一会儿，我忽然觉得可能那个鬼已经走了，如果她真的走了，我就不用害怕了。我们家楼里的电梯你见过，很小，是那种小得不能再小的电梯，最多可以站进五六个人，这么小空间，那个鬼要是在的话一定离我很近。再说，我蜷着腿也很累，于是慢慢把脚伸出去，先是遇到了火柴盒，那么小一个火柴盒我也能感觉到，于是我再往前伸，一丁点一丁点地往前伸，什么也没有，我一直把脚伸到头也没有碰到什么，于是我断定鬼已经走了，放开胆量再往前挪挪，把脚向两边移动，直到够到电梯的墙壁，然后沿着墙壁往前摸索，快到墙角的时候，忽然，我感到自己碰到了什么，我吓了一跳，刚要收回来，这时，我听到了姑娘的笑声，那种笑声很轻，但很单纯，我从来没有听到过那样的笑声，我不能用好听来形容，因为笑声里没有任何内容，而是有点古里古怪。我停住，收回脚，一动不动，笑声停了，我听到姑娘的声音，她问我，你觉得我眉毛画得好吗？这一问，倒把我问得镇定下来，我想鬼也有各种各样的，这个姑娘一定是个不吓人的鬼，于是随口答道，还可以，然后站起来。她又问我，你叫什么？我说我叫建成，刚刚回答完这个问题，我忽然觉得情况不对，因为声音总有个声源，即使在黑暗里一般我们也能分辨出来，可这个姑娘的声音不一样，我无法判断她在哪里，声音好像来自四面八方。但我那时已经不太怕了，因为她一直没做出要伤害我的举动，于是我反倒问她，在电梯里怕不怕？她说没什么可怕的，楼里住的都是人，一会儿会有人想上楼或下楼，他们会发现电梯坏了，就会找人来修，那时候我们就会出去，也可能是停电了，等电一来，电梯就会自动变好。我想她说的也对，我问她，你觉得闷吗？她说还可以，反倒问我闷不闷，我说有点无聊。她说，这样吧，我给你念报纸吧，我说行，把报纸递过去，她就一版一版地念下去。我这才想到，原来鬼对光没有感觉，在她念报纸的时候，我不时插上句嘴，与她聊聊报纸的内容，她居然没有注意我看不到报纸这件事，还跟我聊。这样一来二去，我们就混熟了，谈话也变得自然多了，报纸念完，我已经完全不把她当作鬼了。我问她，你多大了，她说二十三岁，我当时也二十三，我说咱俩一样大，她就笑了。我问她什么时候结的婚，她说去年，我问她老公跟不跟她在一起，她说老公死了，我说你别伤心，你这么漂亮，又年轻，以后不愁，她就叹气说，以后不一定能碰到更好的人了，说到这里，我们就没话了。我站起来又敲敲门，没什么反应，于是再次坐下来，说，哎，你会唱歌吗？她说会，我说你给我唱个歌吧，她说我唱得不好，你别笑话我，我说我不会笑话你，我喜欢听人唱歌，她就唱了起来，唱的是一首我从来没有听过的歌，非常好听，但歌词却记不住了。就这样，她唱完一首，我就让她再唱一首，也不知唱了多少首歌，我只记得我一首都没听过，但每一首都好听，她的嗓音特别干净，听起来虚无缥缈，而且非常甜美，我倒是真盼着她能不停地唱下去呢——可是，她不唱了，说她累了，唱不动了。我问她，你要我为你做点什么吗？她说你不是写小说的吗，就给我讲个故事吧。我想来想去不知道讲什么，就在我想到王尔德的《快乐王子的故事》的时候——正在这时，电梯一震，接着灯亮了，果真是停电了。我站起来，我们俩相互看着，也不再说话。我发现她的眉毛描得真是很好看。这时电梯到了八楼，门开了，我知道自己要走了，于是走到电梯门边。我忽然觉得自己还想看看她，对她说声再见，于是回过头，这一回不要紧，可把我吓坏了，你猜怎么着？我发现她不见了，电梯就那么小，我又站在门边，她不可能先我出去，可是那么小的一块地方，我就是找不到她，电梯顶上我也看了，她不在。忽然，我发现我进电梯时拿的报纸落在地上，我看到那张报纸从地上慢慢飘了起来，一直飘到半空，飘到我眼前那么高，就在那里飘动，飘着飘着，报纸散开了，变成像手绢那么软，就在那里飘动。我目不转睛地盯着看，同时用身体顶着门，忽然，我觉得报纸非常像一个人的舞蹈，就在我愣神的时候，报纸自动折起，重新掉在地上。我弯下身把报纸捡起来，低下头，看看地上，地上什么也没有。我记得她曾经往地上扔了很多火柴梗，可是火柴梗也没有了，火柴盒也不见了，什么都不见了——后来，我又在电梯里碰到过那个姑娘，还向她打过招呼，但她就像不认识我一样，看来，这个鬼把那天夜里发生在电梯里的事都忘记了。”建成停了停，喝了一口茶。

“这就是我写的那篇被退稿的小说，我在结婚的时候读到它，一时间，我觉得文学就是这样一种东西，它就像生活在我们身边的漂亮的女鬼一样，无害也无益。你察觉到它，它会给你带来一种情感，就像我新婚之时读自己的小说一样，我读到自己的情感，就是这样，你花上很多时间来想它，来写它，你会了解一些情感，你结婚，你喝酒，你操自己的媳妇，你操别人的媳妇，你挣钱，你花钱，你跟陈小露动真情，你吃饭，你喝水，你逛商场，你买咖啡，买烟，你看到街道，你看到人，你看到建筑，看到绘画，你听音乐，你看书，你看到人世间的一切，你把你的小说发表出来，你生病，你变老，你死去，就是这样，文学就是这样。”

“你以后还会写小说吗？”我捡起被他扔在地上的我的小说稿问道。

“不会了，”他停了停，接上一句，“永远不会了。”

我把小说稿放在桌上，此刻，我看到建成那张疲倦的胖脸在微微摇晃，他把要说的话说完便困了。饭馆里除了我们俩，已经没有别的客人了，服务员看着我们直打瞌睡，是时候了，该回家了。我叫来服务员，把账结了，再回头看建成，他已经趴在桌上睡着了，脸上闪着油亮的光，呼吸粗重，嘴角流下一丝唾液，一只手伸在一个盛有菜汤的盘子里，一只手耷拉在桌下。我坐在他身边，点燃一支烟，喝了一口杯子里的剩茶，我想起他讲的故事，我感到在他讲的时候，不只是我在侧耳细听，很多别的什么东西都在听，我感到壶里被泡烂的茶叶在听，我感到长安街没有熄灭的路灯在听，我感到夜色里的风在听，我感到有一个鬼在听，我感到北京所有披挂在树上的绿叶都在听，并随之翩翩起舞。

112

我喜欢建成的故事，喜欢他曾经搞过的文学，他的文学棒极了。

113

建成还有一些别的文学，发表在一份名为《夜行动物馆》的不定期杂志上面，当时他二十五岁左右。他曾被外语学院开除。他去过西藏当了一年导游，在那里骗了不少美金和姑娘，回北京后变成夜行动物。曾赤身裸体，只在腰中系一条狐狸尾巴，外套一件军大衣参加各种文学活动。下面就是我从那份杂志中摘下的几段建成的文学：

我要与世界为敌，我要与他们血战到底，我要赤手空拳地冲向他们，我要钻进刺刀的钢尖之中，我要被十发子弹击毙，我要横尸街头，我要被剁成肉酱，我要被烈火烧成灰尘，我要被暴风吹向天空，我要成为鹰和虫子的食物，然后，我会回来，我三年后会回来看着你的眼睛。

我是深夜出动的怪鸟，我是会讲真话的幽灵，我比金属更硬，比水更软，比黄连更苦，比冰更冷，我是绿中之绿，我是火中之火，我是风中之风，我为死亡而奋斗不息，在我死后，我的亡灵仍会为传播我的信念而惨淡经营——我坚信，邪恶永远强大，永远无法战胜，我坚信，世间一片灰暗，光明面目可憎，我坚信，人生毫无价值，活着就是苦刑，我坚信，愚蠢遍布大地，智慧寸步难行，我相信，我坚信，并且可用在我之前和在我以后的历史作证，人类的绝大多数没有前途可言，除了相互欺骗、相互剥夺、相互压榨之外，永远无事可做，没有满足，没有幸福没有平静没有安宁。

如果你不相信我的话，那么请看历史吧，哪一种族的历史都可以，要认认真真地看，看得越多越好。历史冷冰冰的，即使是最完美的历史也与我说的毫无二致，历史不是像人们所说的在前进或后退，历史就是一种人的状态，从这种状态里，你可以看到人性里所具有的黑暗。全部人性在我看来就如同黑夜中的天空，你往往略过黑暗不看，而看到那些闪亮的星星，无论你视力多好，无论你看得多远，无论你看到多少颗星星，无论你看到多少光，请相信，它们在黑暗之中都是微不足道的。如果你是理想主义者，你会跟我说到白天，是的，是有白天，但那是因为你离会发光的恒星太近的缘故，如果你是稍明智一点的理想主义者，你会说，星星的光虽然小，但总会照亮整个宇宙，我告诉你，我告诉你，你说的是“可能”，而不是“已经”，你说的“可能”是谎言的一种，而我说的“已经”是现实的绝大部分，听好我说的这一点，这一点你一定要知道。

我的青春，我的姑娘，我在西藏操过的七个姑娘，我在西藏操过的最后一个姑娘，你说你曾到澜沧江中去洗澡，你说你愿意跟着我去北京宣武门教堂领圣餐，你说你愿意和你姐姐一起操我，你说你的小马在童年时丢失，你说是阳光把你变成紫色，你说你像我一样走投无路，你说新房要用牛血涂抹，你说你生于西藏，你说你生于上海，你说你生于纽约，你说你与我一样感到恐惧，你说你要念出咒语，让无数的冰雹把我砸晕，你说我是你的粪便，是你的经血，生于西藏的姑娘，生于上海的姑娘，生于纽约的姑娘，你的阴毛比你的头发还要好看，你的手指灵巧，你的脚步沉重，你为我卷大麻，为我裸体跳迪斯科，还为我洗衣服，在我们参加集体自杀的前夜，你是否记得你曾对我说，在1996年4月的春天，在月亮最残缺的夜晚，你要与我一起重生吗？

小说中流派林立，我建成也忍不住想从其中分出一座山头，于是我下定决心，写成两篇开山之作借以登场。我的流派名为“新恶心小说”，叫做“建成流”也无不可，小说业已完成，发表于《夜行动物馆》下一期。内容简介——第一篇从一泡屎讲起，不是一般的屎，而是上面有着韭菜叶和西瓜籽的屎，很粗很黑很臭的屎，希望这个开头能令你感兴趣。第二篇讲的是一个靓女，她身穿米黄色风衣，身材修长，脖子细长，脸很白很小，五官漂亮得无法形容，总之，她是一个真正的靓女，一天，我在西单商场门前看到她对我迎面走来，直看得我浑身发抖，激动不已，甚至走路都走不成一条直线，我脑子里响起一个声音，“看一眼就得了，千万别与她发生任何关系，别因为爱她而饱受痛苦，要不然后半生一定会过上以泪洗面的日子”，于是，我与她擦肩而过，但在擦肩而过时，我发现——她的鼻下粘着一颗黑色的鼻屾——请注意下期的《夜行动物馆》，我建成将全心奉献出这两个短篇故事，都与爱情有关，希望你们不要与我独树的先锋精神失之交臂。

……

……

……

建成的文学就谈到这里。

114

我送建成回家后，非常疲倦，从他家出发，一路回到我自己的家时已是天色大亮。我正要打开门锁的一刹那，忽然发现门上用口香糖粘着一个信封，我撕开信封，里面有一张字条，我展开字条，只见上面写着一行小得不能再小的字——你是不是不想要我了？陈小露。

115

我和陈小露是在位于西直门附近的“德宝饭店”见的面，因为二环上刚巧没有堵车，我先到了半小时，坐在极不舒适的咖啡座里等着她。“德宝饭店”的咖啡座位于大堂靠里一点，不远处摆着一架钢琴，白色的，一个看似三十五六岁的妇人穿着一条像是演出服似的裙子在弹着，一会儿克莱德曼一会儿莫扎特，叫人摸不着头脑。我喝掉两杯咖啡后仍无法挡住困意，昨夜喝得不少，又没睡觉，于是便走到饭店外面买了一份《青年报》回来看。我回来后发现服务员把我喝了一半儿的咖啡杯子撤去了，于是只好叫了第三杯咖啡，咖啡完全是速溶咖啡，味道一般但当兴奋剂喝下完全没问题。透过码在咖啡座周围的热带绿色植物的大片叶子，我看着入口处，一旦陈小露出现，我便会马上站起，舞起胳膊，引她过来，但是，她迟迟不到，于是我只好低下头看报纸。报纸读起来索然无味，满篇充斥着不着边际的文章及广告，活像一个四张多的大妈在对你叙叙叨叨，简直惨不忍睹，正巧我不小心碰翻了杯子，于是把整张报纸铺上去，说实话，当吸水纸还可以，很快，速溶咖啡便迅速渗进报纸。清洁工作完成，我小心地拎着饱蘸咖啡的报纸来到一个垃圾桶边，扔了进去，一回头，陈小露正好出现，我迎面走过去。

“我们到那边说。”陈小露一指咖啡座。

于是我叫了第四杯和第五杯速溶咖啡，望着在杯中晃动的黑色液体，再抬头看看陈小露，两样东西都不禁让我感到头晕目眩。

“昨天晚上电话一直没人接，是不是又出去嗅蜜了？”

“没有，我去喝酒。”

“怪不得了，我半夜三点钟摸黑到你那儿，爬了十二楼，你还没回来。”她笑了，“现在还没睡吧？”

“没睡。”

“困吗？”

“还行。”

“我也没什么事儿，就是想看看你怎么样了。”

“我一直这样。”

“你是不是不想见我呀？”

“我不知道。”

“我告诉你，我老公又来了，你受不了吧？”

“我不知道。”

“你给他戴了多少顶绿帽子，你想想。”

“没数过。”

“你生我气了。”她喝了一大口滚烫的咖啡，断然指出。

我看着她，看她坐在我对面，依然是一副天仙的打扮，依然叫人动心。

“你说我该怎么办？”

“我不知道。”

“你说你为什么一个电话也不给我打？”

“我不想打。”

“看来，我们也就到这儿了。”她低下头。

我没有说话，我不知道该说什么。

“你在干什么？”

“写小说。”

“别写我啊——”

“我写了。”

“别写了还发表。”

“我不发表。”

“我可不想当你的素材——”陈小露忽然笑了起来，转而用严肃的目光看着我，“你答应我，别发表你写我的小说。”

“我答应。”

“这还差不多，我知道你这人不爱撒谎。”

她错了。

“这次见面毫无意义。”她准确地概括道。

“你怎么样？”我问。

“我？我课程完了，下面我想报一个别的什么班儿，学点什么，争取你所说的自立，你总是以为什么事情都很简单，其实没那么简单，你总想一下子就把事情办成，怎么可能呢，我得慢慢来。”

“别的呢？”

“什么别的？”

“你还在北京？”

“我？我要去一趟新马泰，回来给你带礼物——人妖照片要不要？”

“不要。”

“我和人妖一起照的呢？”

“也不要。”

“我和三个人妖一起照的呢？”

“不要。”

“那我就不知道给你带什么了。”

“不用给我礼物。”

“那好——我先走了，记住，以后找别的姑娘的时候要买杜蕾丝，别买那些乱七八糟的，带刺儿的也别买，没用。”

“我记住了——只用杜蕾丝。”

“再见。”

“你先别走——”话音未落，连我都没料到的事情发生了，我是指——在大庭广众之下，我的喉咙在一瞬间像是被什么东西堵住了，等我明白过来已为时太晚，不争气的丢人的眼泪竟夺眶而出。

“你怎么了？”她问我。

我想告诉她，我的铁石心肠不翼而飞了，我好像垮掉了，我——可是，我说不出口，我擦去泪水，说：“没事儿，你先走吧。”

她定定地看了我一会儿，站起身，走了。

我看着她瘦小的背影消失在大片大片热带植物的绿叶之中。

一会儿，隐隐约约地，我的耳边响起了钢琴声，声音越来越大。我再次放眼四周，左边，一个胖子卡在座位上，手里拿着手机在打着，右边是两个公司职员，一人手拿一个一模一样的公文包，前面是那架钢琴，不知何时，演奏者换了一首曲子，那么熟悉，却又叫不上名字来。我在很多场所都能听到这首钢琴曲，因为实在差得令人无法忍受，所以才能从众多的曲子中脱颖而出，让我极易识别，我听着听着，几乎要跟着哼哼起来——终于记起来了，是《少女的祈祷》。

我叫来一个站在钢琴边上的服务员，塞给他一百元，对他说："你认识弹钢琴的小姐吗？"

服务员点头。

"我想点一首曲子。"

"可以，我去跟她说。"

"曲名叫《大喇的忏悔》。"

服务员脸色一变："先生，我不知道她会不会弹你点的曲子。"

我用双手手掌揉揉发僵的脸："她会弹！她现在就在弹！要是她还想再弹下去——你就叫她再弹一遍！"我当众失态道。

116

一切都来得猝不及防，令我震惊，我是指，我对我自己的情感的不耐烦感到震惊，它是那么突然地出现，以至于我还未来得及领略其中的奥妙，这种不耐烦便不受控制地喷薄而出，

我弄不清自己为什么会对陈小露如此表现，她来明显是与我

和好的，但我却拒绝了。如果说是有关她老公的话题伤了我的自尊心的话，那么实在牵强，有点站不住脚。虽然我有极强的自尊心，但有关她和她老公的一切是老掉牙的话题，不应让我有如此强烈的反应。倒是陈小露一直这么认为，事实上，以后我们仍然见过面，通过电话，仍然谈过有关我们之间的事情，我也曾顺着她的思路把整件事情理过不止一遍，但我知道，一切都是胡说八道。

情况就是这样，不能更坏，当然，也不能更好。

我回到家，继续写我的小说，写有关我自己，有关我认识的别的事物，我一直写不好，很多东西无法确定，因为我不清楚、不知道的事物太多了。

117

在我认识一个新的姑娘的时候，在我开始一段感情的时候，我时常欣喜若狂、情不自禁，但是，一旦过了那个时候，我是说，过了对肉体以及心灵的新鲜感之后，我的情感立刻冷却，似乎没有什么东西能像冰箱一样起到情感保鲜作用，什么也不行，美好的相貌、优秀的品德、可爱的性情，甚至嫉妒、背叛等等在情感中起着奇妙作用的东西也不行。如果新鲜的情感犹如一朵鲜花，当它在花蕾的阶段，你无法认识，无法从中猜测出未来的样子，当它盛开之际，你看到它，感到它，仅仅在一瞬间，它会绽放出夺人的美来，比如一滴映着月光的露珠轻轻从花瓣上滚落的时候，然而，到此为止，所有的一切到此为止，往后的一切便令人味同嚼蜡。我自己的情感经历虽然简单，但我从书中看到别人的经历，无非是睁大眼睛，苦挣苦熬，等待着鲜花的其他瞬间而已，比如鲜花被摆入花丛中，比如鲜花被移到风沙中，比如鲜花被置于音乐中，比如鲜花枯萎——由此引起种种观察者的情感波动——赞叹、欲望、伤心、激动、惋惜、渴望、柔情等等——我不知道那些观察者为何有那么大的耐心去等待几乎是本质相同的东西慢慢出现，有那么多闲情用来抒发，我不理解，甚至一颗伟大的心灵也经常乐此不疲地重复如此过程，以我看，不管他是什么人，只要是他对感情抱有那么大的兴致，我就很难理解，唯一可以使我理解他们的理由便是，他们实在是太无聊了，只能长久地以此作为消遣，用以打发没完没了的时日，要么就是，他们的性欲太强了，以至盖过对于其他事物的兴趣。

我三十一岁，在我对异性的有限了解中，我不得不说，上帝造的另一半实在简单，枯燥无味，如果两性之间终于形成折磨，那么也同鸡肋对于食客的折磨一样。

而我自己则具有这样的情感，即一个女性，如我在对她未了解之前具有好感的话，我会根据我的直觉向她直言相告，如遇拒绝，我也立即对她失去兴趣，之所以这么做，我是经过仔细思索的。其一，如果双方的愿望相同，那么，就应水到渠成，继续发展；其二，如果双方愿望相矛盾，那么就应当立刻中止，任何强求都叫人味同嚼蜡；其三，如果对方对你有兴趣，表面却装作拒绝的话，那么就证明此人虚伪，对于一个虚伪的人下工夫，我想实在不值得，因为你必得对她左右分析，猜来猜去，浪费时间精力不说，还得不到正确答案，这是何苦。不讲实话，因此，任何事情，包括感情之事的效率十分低下，而且，当你的真正目的是通过异性探索人际关系、探索除你之外的其他事物时，这一点就显得极为明显，因为你无法从中得到任何真理。相反，一个正直的人，一个不想说谎的人，倒是很容易通过谈感情学习撒谎的本领，比如，如果你对一个姑娘说“我想操你”时，她多半会大惊失色，说：“你怎么能这样呢！”因为她想听你说别的，除了操她。不幸的是，只有“操”才是真话。据我所知，在国内，久而久之，所有情圣简直可以私人开业，搞个骗子学习班什么的。这纯属我个人观察所得。当然，我不对那些只为解除性欲之苦的人说话。

再一样，依我观察所得，几乎所有的一般谈情都纯属胡扯，因为所有谈情都与谈情丝毫不沾边。一般谈情不过是相互恭维，肉麻之至，除了说对方的好话之外，很难找到别的话题可聊。高一级的谈情会谈到些别的事物，比如二人的历史，当然，几乎都是经过粉饰的，然后谈到现在，到这里，或许着点边际，因为现在的情况往往可以观察与对证出来，我要说的是第三步，可气的第三步，最不可靠的第三步，也是最荒唐的第三步，双方开始展望将来。记住，到了这里，几乎可以说，即使是相当正直的人都毫无例外地在此栽跟头。这时两人终于谈到将来，天哪！将来，没边没影的将来！憧憬去吧，胡说八道去吧，用什么人格之类保证去吧，天马行空去吧——别忘了用录音机录下来，或是记录在案，签个合同，后悔莫及的时候也能总结一下原因以便再战——从这点看，谈感情不如谈买卖，买卖双方至少还有点东西可换——可将来如何兑现？不幸的是，一般人所谈的感情却主要在这里，你就知道如果成交后的后果该是多么的叫人摸不着头脑了吧。

因此，对于那些渴望真感情、渴望交流并以此摆脱孤独的人来说，恋爱方面出现了两难处境。因为诀窍往往在于一个字，骗！如果你真那么做了，谈出的定是假感情，至于以后的什么“大梦初醒”之类就不用提了。如果你不那么做，你将会面临悲惨的失败，失败当然与你的愿望相左。因此，这一现实促使我们痛定思痛，仍然左顾右盼，却依然茫然不知所措。

再回到我。

如果我第一次由于运气好而没有遇到拒绝，那么下一步可就惨了，因为我不知道男女之间除了操来操去之外还有什么别的事情可做，如果去做诸如做饭郊游看电影听音乐之类一个人便可完成的事情，那么两人在一起有何意义？两人的意义只在一点，那就是探索彼此的心灵，其实这是一件相当花费力气和时间的事物，以我的经验，这件事我保证你办不成！

因为，两人的心灵如果经得住相互探索，必须或多或少有些东西，少了就少探，像受过良好教育的人就可能多些，你就可以多探探。情况在这里出现了问题，问题在于——我先说说自己的心灵，我不知道里面有些什么——对方呢？而当我把目光望向对方的心灵时，不禁连连摇头——有人说“他人即地狱”，说这话的人真幸福，因为他竟然发现了一个地狱，地狱的内容相当可观，几乎可以说是包罗万象。不幸的是，我看到的却是一片荒漠，中间好不容易有几棵生命力很强的植物，上面还挂着陈规陋习或民风民俗之类的小牌子，这叫我如何是好？

也许，对于陈小露的不耐烦就是源出于此。

对于这种情况，我感到非常绝望，于是在探索过几个索然无味的心灵之后，我立刻戛然而止。面对后继者，我只能给出一个合理化建议，那就是，别再浪费时间了，到手一个后，狂操不止，弄出下一代，好好培养，使之具有心灵，让他或她再去试试运气。

118

我自记事以来，一种莫名其妙的徒劳感、失败感总是在我身边萦绕，挥之不去，驱之不散。我不知道原因，因此发奋学习，冥思苦想，极尽探索之能事，却总是不能水落石出，只取得一些我所谓的“阶段性成果”，真相如何，一直令我费解，这叫我非常恼火。

我把我的探索过程记录下来，简简单单地介绍一下。

首先，把失败感归结为我的出生——为何出生？

出生是一个事物，它定有原因，最一般的原因，在于父母有力或无力控制的意愿，更深层的原因可能性太多，不加讨论——但有原因，就必有结果，结果是什么呢？那就是事物消亡，也就是，我死去。我死去，这根因果链便喀嚓断掉，一切结束，这不行！

为了能继续，我是说，让“我”这一事物继续，我把我的死也假设成一个原因，我想，“我的死”这一事件既是原因，也应招致一个结果，这个结果是什么呢？也就是，我死以后，会导致什么呢？奇怪的情况出现了，因为我无法知道，只要我不死就无法知道这一结果，而我死以后呢，我仍无法知道其结果，因此，我无论如何不会知道结果。

翻过来，我把出生不当一个原因，而假设成一个结果，我再寻找“我出生”这一事物的原因，我要承认，我无法找到，与“我死去”这一事物同理，因为我不在场，就像我对死后的情况无法了解一样，我的生前我也不在场。换句话说，最重要的“原因”与“结果”这两件事出现时我都不在场，因而无法知道它们是什么，我不知道起因，也不知道结果，我就如同有人放起的风筝，只在空中乱飘，直到一阵狂风把我这纸糊的身架弄散为止，我既弄不清为什么飞，何时飞，也不知飞向哪里，去干什么，更不知何时坠毁，那么我瞎飞个什么劲呀？

至于那些乱七八糟的理由我更不屑一顾。什么为了帮助同类呀——我帮同类干什么？什么为了欢乐呀——我瞎欢乐干什么？什么善恶呀——善恶干什么？什么生存呀——生存干什么？妈的，所有的一切全都站不住脚！因此，作为一个不明飞行物，我为自己深感徒劳与失败。什么也无法安慰我的这种情绪，事实上，作为一个没有起因没有结果的破玩意儿，我，我简直不知道自己是什么——至于别人，他们也可能与我一样，也可能不一样，他们的起因与结果由于我不是他们这一点，我更无从知晓，他们的新发明新创造，他们记录的历史文化等等，如同他们本身一样让我无从下手了解。而我们判断了解事物的唯一依据便是我们自己的感觉与知觉，他们，我不想主观地乱想他们，他们是什么——与幻影与鬼魂没有任何区别，让他们见鬼去吧！

119

我说过，我始终为自己迷茫着，始终是这样，我无法讲清什么，我连一吐为快的劲头都没有，我毫无办法。

我依靠读传记来体验人生，什么样的传记我都能读下去，连给动物写的传记我都可以读。我通过传记，经历过种种人生，传记里的人物吃饭，我就吃饭，传记里的人物操逼，我就操逼，传记里的人物写什么书，我就看什么书。我认为这样很适合我的经济水平和社会地位，由于经济水平和社会地位有限，我有很多东西无法体验。但是，有一点我终始是可以看清的，就是那些与我一样的不明飞行物们，他们之中好的不过是给自己订了一套规则从而貌似飞得有理有据或是舒舒服服，差的也无非是跟着别人瞎飞一气或是累得要命。叫我气愤的是，这帮蠢货（原谅我说话粗鲁，因为我确实气愤）在坠毁之前全都糊里糊涂地没有完成任何所谓历史使命，也就是说，他们连原因和结果都搞不懂，却在大谈飞行这件事，并且做出各种花哨的动作，有的高飞，有的低飞，有的盘旋，有的竟还翻什么筋斗，更有甚者，居然发动机停了或是折断了一只翅膀也要一飞到底，他们这到底是什么意思？

有一些人是我稍加注意的，就是那些飞厌了的家伙们，他们可真是机灵鬼儿，看看苗头不对便铩羽而归，真是有意思。

120

与陈小露分手一个星期后，我决定把关于她的故事写出来，这种想法几经犹豫，着实令我感到矛盾。在我严肃考虑一件事的时候，我会竭尽全力把它考虑周详，这是我的一个习惯，有时候，我几乎认为这是一个坏习惯。说它坏，主要是因为这样做很麻烦，需要多花一些时间来做准备，但是，回想我的人生经验，即使从直觉上考虑，我也认为，这是对的。

我经常听到诸如什么“要想做一件事你就去做好了，想那么详细有什么用”之类的胡说八道，之所以说它是胡说八道，我是有道理的。

我想到在我上学的时候，经常会遇到做代数题这一情况，起初的初等代数练习往往凭一种直觉便可完成，但随着进入高等代数，我发现，情况不同了，如果你不考虑周详，拿起一道题就做，那么这样的结果，往往使得效率很低。我是说，那些大量做练习的人中总有一部分是在不断重复一种类型的解题方法，他们是那种无论何时，拿起一道题想也不想就去动手做的人，他们永远凭借解题经验来解答问题，建立这种经验费时费力，除了可以得出结果以外，往往没有其他用途。我一直认为这是一种急功近利的行为，不幸的是，效果还未尽人意，他们一旦中途遇到问题，立刻满盘皆输，然后再以不懈的热情从头再来。

这种人的头上总是顶着“笨蛋”两个字。我认为，这样叫并不确切，应该叫他们“糊涂虫”，因为他们根本就没弄清自己在干什么。

我喜欢另一种人，从概念入手，花费时间来理解我要解答的问题到底是什么东西，然后再去学习解题技巧。技巧是个有意思的东西，它本身就具有一定魅力，但它也有一个弱点，那就是它极容易叫人偏离航线，忘记问题本身，而且，单凭掌握技巧是不能认识到问题实质的，就如同那些熟练电工知道如何接线，但对于整个电路却一无所知一样。我见到很多人连技巧也糊里糊涂，经常在同一问题上一错再错，而另一种人，只把技巧当作一个手段，他们会把题型整理清楚，逐一解决，然后再回到问题本身，这样的人往往花的时间不多，却能取得事半功倍的效果。

由于具有这种经验与认识，我当然不会贸然动手写作，于是开始回想并记下我与陈小露接触的种种细节，思索其中意义。我整天干着这样的事情，反倒叫我对我们在一起这一事件本身失去了兴趣，以致她再次打来电话，我也只是应付应付而已。但是，这一事件所表达的意义，却在我头脑中渐渐成为一个越来越大的问号，吸引我为之工作，尽我所能，解答出其中所含问题，以及这件事对于我自身的意义。

但我想，得出结论却为时尚早，而且，我不得不说，没有可能。

121

生活是一潭死水，我在上面漂浮下沉，动作剧烈时竟能激起一朵浪花，浪花在阳光下五颜六色，煞是好看。但我不会把浪花与死水混为一谈，我看到浪花升起与沉落，为着它的偶然拍案叫绝，但也仅此而已。我意识到，浪花与我的关系源于死水与我的关系，它们是一路货，我不应为浪花而迷惑，我应记起，我是漂浮在死水之上，我的欢喜必以今后我的难过作为代价，我所泛起的希望也必以我的失望为代价。我并不在乎付出代价，但我在乎在这之间我经历过什么，我在乎于我的希望与失望这件事本身的实质，一句话，我在乎于真相，这也正是我在沉浸于小说写作时所做的工作。然而，我睁大眼睛，真相却在事件发生与结束之间一闪而过，让我无法看清。于是我身处无奈境地，如果我承认自己无法察觉真相，那么真相便无意义，如果我因为自己无法察觉真相进而否认真相，那么只会剩下事件本身，事件本身已经过去，成为意识，意识无法自认，正如直线上一点无法看到直线，那么一切岂不陷入虚无？如果我承认虚无，那么事件代表什么？事件本身无法自明，必须借助意识，然而意识只要逃离事件之外就无法确认事件，那么我所做的又是什么呢？那么人对自己的认识又是什么呢？

这一切表明，无论如何，我们都在盲目地生活、工作，盲目地发现，我们做了多少并不重要，我们做了什么才是重要的。但是，我们无法确知我们在做着什么，我们远未清醒，我们糊里糊涂，我们与现实关系暧昧，我们除了会说出“这是红色，我要性交，我已成功”这类含混不清意义不明的废话之外，我们再做不出什么，如此而已。

122

陈小露对我说的话，以及那种话中之话，有不少已被我忘掉了，那些忘掉的话沉入时间与空间的深渊，无法寻觅与打捞，它们与那些被我记住的话形成陈小露的语言集合，两者之间，被我的意识拦腰斩断，因而陈小露便以一种支离破碎的面貌出现在我的眼前，当然，还有她的动作、声音、神态等等。面对这个面貌，面对这个似乎与我一样有着苦恼与激情的人，面对着她所剩无几的一切，同时，也面对着我的过去，我坐在写字台前，从事所谓工作，我无法还原那些过去，仅从那些仍可被我感知的一切材料中汲取对我的影响，那些影响细密琐碎，极不清楚，最终叫我陷入一片混沌之中。

但是，如果我不去工作，不去假模假样地分析思考，那么，陈小露与我的一切就会彻底消失，坠入万劫不复的遗忘与虚无——我不想此事就此过去，而是想通过此事知道点什么，比如“我是什么，陈小露是什么”之类的东西。

于是，我再次提起她，提起我，提起有关她与我的点点滴滴。

123

陈小露说话有个特点，那就是非常之慢，无论是什么事，经她之口说出，总是娓娓道来，慢慢悠悠，口气和声音就像个老奶奶，一件小事能讲上老半天，可以让你听得清清楚楚，条理分明。有时候我不由得插嘴进去，猜出结局，而她却颇感意外地挑起眉毛问我："你怎么知道的？"与她谈话的通常结果是，我会很快把手伸向她下三路，但是，陈小露却坚持让我听完，因此，我的手便像一架飞机一样被及时打落，于是不无遗憾地收回。

我认为，之所以这样，那是因为她希望我重视她说话的缘故。

陈小露把妆卸了，睡着以后，样子很像一个老奶奶，平时她给我一个感觉，也像老奶奶。我私下里推测那是因为她生活节奏慢的结果。

陈小露有个口头禅，叫做"哎哟"，她无论干点什么都伴随着"哎哟"一声——从椅子上站起来"哎哟"一声，坐下去之后又"哎哟"一声，从衣柜里拿出一件衣服穿上"哎哟"一声，脱下来放回去又"哎哟"一声，就连做爱时的叫唤也是"哎哟哎哟"的。但做爱的"哎哟"与其他"哎哟"有个区别，那就是做爱时"哎哟"后面有喘气声，而做别的动作时没有。

对于这点，我分析不出什么来。

陈小露每次出去之时必得认真化妆，抖擞精神，遇到多么无聊的聚会都能坚持到底。于是在聚会现场，我往往认为她很讲义气，甚至为她感动。

后来，我再次想到她这个特点，得出另一结论，这是她总在外面混所养成的良好习惯。

陈小露和我在床上乱搞时时常说些有趣的示爱语言，比如“我就是你的工具”、“我就喜欢别人干得我求饶”之类。这种话当时听起来很带劲，事情过后再一想也能使人哑然失笑。

作为陈小露所独创的床上用语具有如此感染力，我当然不能任其埋没，于是为它找到别的用途，其中之一便是用于我的剧本创作，在我与导演意见不统一时，我会无情地听从导演的意见，冷酷地进入剧本修改，为什么？因为我有咒语，我一边叨唠着“我就是导演的工具”，一边坚持工作，而且其乐无穷，而当更坏的情况出现时，也就是说，当导演改变想法，我需要再次重新修改剧本时，我仍会逆来顺受，做到不争辩，不抱怨，而是毫不留情地彻底妥协，我会咽到家，按照导演的意志再次加工，一边嘴里说着“我就喜欢导演灭我剧本灭得我求饶”，一边欣喜若狂地工作。

由于这句话被我活学活用，在工作中作用明显，因此，作为用途之一，我建议把它们写进电影学院文学系的教学大纲，以便后来有志编剧事业的人去继承发扬，并与那些诸如“绝不坚持自己的艺术追求”等等编剧守则一样受到尊重与推崇。

作为我受陈小露启发所独创的工作方法，它的实际应用前景当然潜力无穷，应积极推广至人际关系领域。我敢夸口说，无论在何种种族、制度下，它均能发挥出极大的威力，尤其适用于下级对上级。以此获得成功的人不要忘记，应把功劳记于它的发明者陈小露身上。

陈小露从床上飘下的浪声浪语竟能在我的实际生活中产生如

此之大的影响，证明了罗素的一个思想的正确性，那就是，事物之间的联系是奇怪的。

124

当然，陈小露除了在床上说话以外，下床后也说话，两者之间有一个共同点，那就是都不着边际。当然，也有不同点，我总结过：当我们在床上时，陈小露话中富于情感，多是些抒情或是表达某种愿望的豪言壮语；我们下床后，很明显，她话中理智成分增加，多是些分析与叙述。这种区别与她的真诚没有任何关系，而且，我相信，她在说话时总是真诚的。

两种情况各举一例。

其一：第一次在陈小露的床上乱搞，流氓大胆的陈小露索性高潮迭起，而爱不释手的我则以意乱情迷与之相配。完事以后，她对我说，以前跟别人做爱时下面不湿，她的台湾老公性欲强烈，经常得用贝贝油之类润滑剂才行，又说和我做爱不知为什么下面总是湿的，此等动人的话出口，我当然表现出一副爱听的样子，爱听的结果，是我抱紧她睡了一夜。醒来以后她对我说，她从来没跟别人一起抱着睡过，但是，我注意观察了一下，在她老公为她租的小屋里，只有一床被子，也就是说，她不可能单独睡觉。

其二：陈小露总说她最讨厌老外，原因当然五花八门。一次，我们约好了要去看电影，但事到临头她说不去了，说她有个女朋友约她去一个外国人家打麻将，那帮老外不会玩，她可以去赢点钱，于是，我们的电影没有看成。

很久以后我知道，陈小露并不讨厌老外。她打没打麻将我不知道，但她在那里认识了一个老外倒是真的，那个老外教了她很多看人的办法，帮她树立了新的人生观，她爱上了那个老外，把台湾人炒了鱿鱼。

这件事的结果让我知道，也许，她当时没有对我说实话，也许，在讨厌老外的问题上，她是改主意了。

两例情况加在一起，使我对我的“床上床下分类法”产生了怀疑，也对世上各种各样的分类法产生了一些想法。我是说，把一件完整的事物拆开，逐一认识，然后再归纳，果真能总结出什么吗？而且，这与事物的本质有何关系？

至少，在我与陈小露这件事中，我是一头雾水，无论我把它分成床上床下，还是分成认识前认识后，还是分成在我们家内与在我们家外，还是分成别的什么，我得出的结论似乎与我想知道的“陈小露是什么，我是什么”这一类问题并无关系。

125

认识陈小露时，她对我说过一个有关她自己的理想，据说这个理想从小就有，具体一点说，从幼稚园开始，就伴随着她。当然，为了她的理想，她也在始终不停地奋斗。她的理想可概括为一句话，就是想让所有的人都喜欢她，这样，她便可以让所有的人都照顾她、让着她，这样她便可以想怎样就怎样，这样她便会活得自由快乐。

这个理想的难度之大，可与任何人类的目标相提并论，它的实现之艰难也就可想而知。但陈小露并不知道自己理想实现的可能性几乎是微乎其微，更不知这是一个不切实际的空想，对于陈小露来讲，她的理想对她具有如此的吸引力，以至于她认为她简直可以为她的理想而放弃一切。不幸的是，这是一个悖论，实际情况是，如果她的理想实现，她将得到一切而根本谈不到放弃。

为了实现自己的理想，陈小露也采取了一些办法，这些办法同时也是陈小露向自己理想进军的证明。下面我来讲一讲她的办法。

办法一：使自己漂亮。

对于陈小露，使自己漂亮是个很难的工作，首先，她得有个基础，如果原来的她形如猴子，那么还得顽强地进化，直到出现美人坯子这一形状。所幸的是，陈小露已经是个美人坯子了，有了这一步，她便着手下一步工作，她要弄到钱，因为，漂亮与钱似乎是一回事，这不仅是陈小露的个人观点，也是很多姑娘的观点，在谈到某人漂亮时，很多姑娘都能一针见血地指出那些使人漂亮的东西——衣服、首饰、化妆品等等。陈小露为了得到钱，她先是去工作，工作可以得到报酬这一事实让她毫不犹豫地采取了这一步骤，但接下来的事却叫她有点难过，一般工作可以得到的报酬太少，让她距离漂亮十分遥远，如果她再增加一些学识，她会明白，有偿工作本身就是漂亮的对立面，因为有偿工作与诸如辛苦、不自由、有用等等东西的联系似乎比与漂亮的联系更多。这时，由于命运的安排，出现了更好的情况，陈小露第一个男友对她厌倦，离她而去，这使得她在悲伤之余，又得到了新的机会，也就是说，台湾商人出现了。台湾商人四十多岁，不仅喜欢陈小露，而且有钱，也就是说，如果陈小露愿意辞掉工作、与台湾人生活的话，便能得到漂亮，于是她就那么做了。到了这时，漂亮问题看起来似乎已经解决，但是，陈小露发现，更复杂的情况出现了，与台湾人生活虽能住进饭店，虽能每天在游泳池与饭桌前走来走去，但问题也在这时出现了，陈小露的理想是想让所有的人都喜欢她，但目前情况却只有台湾人一个喜欢她，别的人即使喜欢她，她也不能怎么样，因为台湾人理所当然地认为她应该只属于他一个人。于是，陈小露发现，她得到漂亮，却失去喜欢，而她得到漂亮的目的恰恰是为了得到喜欢，手段与目的发生了叫人不解的矛盾，如何处理，陈小露奇怪之余，陷入困境。

办法二：使自己迷人。

陈小露从小学一直上到大学，然后毕业工作，这中间，她不断学习、丰富、发展自己的迷人技能，但同时，她也发现，如果说使自己漂亮很有难度的话，那么使自己迷人则是难上加难。

漂亮有点像花，人们看后就离去了，但陈小露希望别人告诉她，他们喜欢她，并不想离开她，而想与她在一起。也就是说，漂亮可以把别人吸引过来，但过来之后呢，就得靠迷人了。

如何迷人呢？陈小露有点摸不着头脑了，她发现，她可以迷倒那些只为漂亮而来的人，但这些人只是一部分人，而不是所有人，那么，如何对付剩下那一部分人呢？唯一的出路只能是投其所好，投其所好的意思是，别人喜欢的东西都得存在于她陈小露身上。到了这时，陈小露才发现情况不妙，而且相当严重，因为别人喜欢的东西中，有些实在让她力所不能及，比如说吧，较高的社会地位、财产，还有那些千奇百怪的才能，比如管理啦、幽默啦、舞蹈啦、文化啦——说也说不完，这下可要了她的命了！因为这些东西除了依靠天生，还要后天不断努力方可得到，陈小露自己虽能读会写，床上功夫也会一些，但也仅此而已，也就是说，她终于发现，迷人是很难的。

于是，两个条件陈小露都不能满足，希望距她甚是遥远。

当然，在她为着理想不懈奋斗的路上，有两个东西几乎是无法逾越的，那就是时间和空间。陈小露隐约发现这两点，她把时间理解为青春永驻，把空间理解为北京。

事情说到这里，往下就不必再谈了。

从陈小露身上，我看到的是一种东西，即，人的主观愿望与客观现实的关系，这个关系可用“背道而驰”这四个字来形容——让我以陈小露为例来谈谈我的看法。

在陈小露幼年时期，她的理想几乎实现，长到少年，她的理想马马虎虎，因为周围的人们仍然喜爱她，便开始对她有了一点要求，而且，随着活动范围增大，一丝似乎是不祥的苗头开始出现了。（陈小露说，上小学时有个女孩竟评价她爱表现，咋咋呼呼，叫人十分讨厌。）

到了青年期，陈小露的活动范围更加广阔，她发现，几乎有一半的人对她不感兴趣，那就是同性别的人，另一半对她感兴趣的人也不多，而且往往是那些她不喜欢的人。

陈小露认识我时，青年期快要结束，迎接她的将是中年期，我可以轻易推断，叫所有的人都喜欢一个中年女人似乎十分艰难。

当然，陈小露也会进入老年期，我不无遗憾地指出，陈小露与她理想的关系将会无可避免地变坏，坏到这种程度，要么她放弃自己的理想，要么她被自己的理想抛弃。

当然，陈小露也会毫无指望地消失在地球上，我坚信，她的未竟理想也会有人继承，但是，那些继承她理想的人是否能够干得更好，却叫我没什么信心。

从逻辑上讲，我的没有信心是有依据的，而且，从她这一个例子上我可作出一个不完全推论：

即，人类的理想，在他们是幼年时，可能与他们更加接近。但随着人类渐渐成长，随着人类的活动范围渐渐增大，我是指，人类冲出地球、太阳系、银河系之后，可能会出现与陈小露老年期一样的情况，我是指，人类要么放弃理想，要么被自己的理想所抛弃。而且，我不无根据地认为，人类为其理想所做的努力在某种程度上与陈小露相差无几。

126

粗略一算，我和陈小露每见面两次就会吵上一架，吵架的原因主要有两个：一个就是所谓找工作问题；第二个是避孕套。

先讲找工作。

因为我要与陈小露天长地久，那么，她最好不要与台湾人来往，不然，就成了我与陈小露、台湾人三个人天长地久了，这是我的想法。其实这一想法颇具局限性，现在看来，我把三个人天长地久这一想法放弃了，实际上是放弃了我与陈小露两人天长地久的一个可能性，而且是最大的一个可能性，这也是我与陈小露关系短命的一个原因。

让我们回到前面话题。

为了使陈小露摆脱台湾人，当然，我这么说也是出于她当时的愿望——关于这一点，我事后左思右想，发觉并不确切，在这上面犯了太主观的错误，事情的真相可能是这样的，我回想到——她表达愿望时是说她不爱台湾人，但她没说她爱不爱台湾人给她提供的别的东西，从她的行为上看，她是爱的。而她说过爱我，但她没说过爱我的一贫如洗，从她的行为看，她是不爱的。于是，我与台湾人在陈小露那里被分别分成两个部分，也就是说，她当时的愿望其实是这样的，她爱的是我的一部分与台湾人的另一部分，可以模糊地说，她的爱不太完整。但我却需要一个完整的爱，于是，我主观地认为，她应当摆脱台湾人。悲剧就发生在这里。

当然，一点想法上的错误不会造成什么悲剧，重要的是，会一错再错——我就是这么干的。我每次见她，必得催她上进，催她上进的方法便是催她去工作，通过工作获得经济独立，经济独立，便可有独立的人格，有了独立人格之后，便可与我对等相处。这样做的目的之一，是要显出我与台湾人的不同，我认为，台湾人给她一切，而我却能帮助她自己获得一切。可以说，我的推理貌似合理，但仔细想来，每一步骤之间都存在巨大的困难，即使克服了所有困难，我的计划得以实现，那么陈小露似乎会变成另一个人，面对另一个人我会如何呢？我不知道。目的之二呢，那就是我只为我自己考虑，我钱不多，因此使用起来就要效率，我只能去帮助那些很快就不再需要我帮助的人，而无法去帮那些会以此依赖我的人。

很显然，陈小露对我的悲剧了解得十分清楚，但她不想与我争论，于是，便采用拖延战术。每每我催她立刻动手，她必说要等一等，等她上学，等她学到足够有用的知识，再去找一个高起点的工作，至于这个起点要高到什么程度，陈小露只字未提。于是，我们在讨论我们不着边际的前途时，陷入无法解脱的困境。

如果说，怀孕破坏感情的话，那么我要说，避孕也能做到。避孕套问题看来不很重要，其实不然，就如同小小的避孕套本身，如果你在光天化日之下用力撑开它，特别是用力撑开一个彩色的，并把它置于头顶，你会发现，它足可以给你造成一个很大的阴影。

我要说，我不喜欢操避孕套，我非常不喜欢，我喜欢使用别的避孕方法，我想是出于一种迷信，我相信，在亲热时，两人之间不该有任何东西存在，两人应当好得如同一人。因此，我喜欢口服药法，但出于一种不同迷信，陈小露根本不考虑使用药物，她认为药物使人发胖，不仅如此，她对别的避孕法也不信任，她就相信避孕套！

这就使我们之间在最不该争吵的时候进行争吵。比如，两人一丝不挂地躺于床上，讨论的不是如何进行肉体享受，而是我拿着一粒避孕药对她说吃吧吃吧，她拿着一个避孕套对我说戴吧戴吧。在我的记忆里，至少有两次，在气愤之下，我自己吃下避孕药，扔掉避孕套，倒头睡去。当然，这种情况极少，更多的是，我们会为这个问题争论不休。如何争论？自然涉及我对她是否关心，还涉及她的性史与我的性史，以及我们对彼此性史的看法等等问题。实际上，这是两种迷信之间的交锋，话题虽多，论证虽有力，但实在缺乏理智。

就以上两点，我本可以写出五本小说，也许很多读者更希望看到那五本小说而不是区区上千字，但我认为，这种场面描写虽有趣，却十分繁琐，我把要讲的讲完了，再啰嗦下去实在没有必要。

127

当然，除了争吵，我们也有一些有趣的时光。

讲色情话和恐怖故事当属此列。

我与陈小露时常相互打电话，有一阵每晚必打。陈小露是电话高手，通过电话，她可以办成很多事，就连让我在电话线那一头射精都能做到。她的拿手好戏是扮成六七个姑娘，逐一与我上床，直到我顶不住为止。

我呢，我会讲恐怖故事给她听，因为陈小露最怕听恐怖故事，但又对恐怖故事最好奇。发现这一点很偶然，一天夜里，我正在写东西，陈小露打来电话，与我聊起了文学，聊着聊着便聊到莫泊桑，于是我讲道：

莫泊桑是一位十九世纪的法国作家，年轻时是个帅哥，成名后身边大蜜如云，但他有点像多年后的垮掉一代，除了操小妞，还爱嗑药，什么药都嗑，他身边专有一个小蜜为他提供各种迷幻药，常常吃得他头重脚轻，飞得一塌糊涂的事也是经常发生。我虽然对他那本臭了街的《羊脂球》不屑一顾，但他有些嗑药后写就的恐怖故事却让我有些印象。比如：在他心绪阴郁时期写过一个故事，说的是他有一夜去一个公园散步，路过一片树林，偶然间，他发现树上吊着一个死人，于是他不怕费事地通知有关部门，搬去尸首，但第二夜他又发现尸首吊死在同一地点，于是再次通知有关人员搬走，可怕的是，第三夜，他又看到同样情况，第四夜也是如此，第五夜依然如故，第六夜，情况毫无二致，第七夜，什么也没有改变，无论如何想尽办法，比如阻止有人进入树林，比如派人守于那棵树下，比如锯断那棵树木——总之，毫无办法，那些想到寻死的巴黎人总能一个个想办法溜进树林，吊死在某棵树下，而且，只要莫泊桑深夜走进树林，他总能最先发现，待人们急忙冲去解救时，常常发现，又有一人吊于树上，早已断气，尸骨冰凉。终于有一天夜里，对于人生一直感到虚幻的莫泊桑正伏案写作，灵感忽断，于是站起，在屋里来回踱步，无聊至极，而且，那夜也没有小妞儿送上门来。于是，无限寂寞的莫泊桑踱出他的小屋，再次向小公园方向走去，他进入树林，理所当然，他又发现一具尸体挂于树上，随着夜风左右飘荡。他指给守在那里的人看，对此早已习以为常的工人们熟练地从树上卸下尸体，装上马车，准备运向墓地。出于好奇以及作家观察生活的天性，莫泊桑靠近马车，尸体向下，趴于车上，于是莫泊桑伸出手臂，把尸体翻转，对着公园里暗暗的路灯，仔细观瞧。这一瞧，让他倒吸一口凉气，原来吊死者正是他自己。莫泊桑这才弄明白，自己早已死去多时，在世上写作的那位叫莫泊桑的作家原来是个鬼。

听到这里，陈小露“哎哟”一声，我问她怎么，她说：“你接着讲，我还想知道莫泊桑的一些事情。”于是我接着讲——

老莫还写过一个故事，说他得知自己是鬼之后，对世界有了新认识，这一认识不要紧，他发现身边的朋友当中也有些是鬼，比如有个评论家，夜里经常拜访他。老莫觉得此人有些问题，因为每当这位仁兄一进入他的书房——补充一句，老莫的书房很宽大，里面有不少藏书，也有写字台水杯之类，不同的是，他书房里还有不少现下被称为毒品的东西，那些东西被装在各种玻璃瓶里，以便他随时配制，或自己或与道友随时飞上一会儿，此外，那么大的房间，夜里当然要点很多蜡烛，莫泊桑视力不佳，因此点的蜡烛更是多于常人，简直是数不胜数，那些有小臂粗细、半米来高的蜡烛排成一溜，绕房一周，十分气派——老莫如何觉得那个评论家有问题呢，是因为他发现，每当那人进入他的房内，靠门数的第二支蜡烛总是应声而灭——

故事才讲到这里，陈小露对我说，等一等，我上趟洗手间。我挂了电话，继续写作，五分钟后，陈小露再次打来电话，说她浑身舒畅，但困劲儿上来了，想睡了，可是，在临睡前，还想再听我讲个故事。我问她讲什么，她说讲个以前遇到的事儿，我说我没遇到过什么有劲的事儿，她说随便讲讲，越无聊越好，她现在打开免提，关上灯，闭上眼睛，这样，我的无聊故事就可让她安然入睡。通过电话，我听到她的声音有些异样，我知道她独自睡的屋子很大，又空，就问她，是不是我讲的故事让她有点害怕，她说，她一点也不怕，只是觉得好奇，但我要是能讲点别的就更好，于是我点上一支烟，喝了口水，继续为她讲——

我小时候住过一阵儿军队大院，那里有几座将军楼，因为文革，将军都被弄到干校去了，楼也腾空，我们家正好搬了进去。我们家住一楼，一楼下面有个地下屋，没有上锁，因此，我常去下面玩。地下室很大，布局与我们家一模一样，被打扫得很干净，有一阵儿，我们家灯泡接二连三地灭掉，因此，就把地下室内的灯泡一个个拧下来换上，到最后，地下室连一盏灯也没有了，但我仍时常和小伙伴们一起去玩。我们在里面摸瞎子，因此，对里面十分熟悉，尤其是我，连一根火柴都不用就可在里面飞奔，不会碰到任何东西。

一天下午放学，我和几个小孩来到地下室玩摸瞎子，到傍晚大家散去，我回到家，才发现我挂在脖子上的门钥匙丢了。我想，一定是摸瞎子时被人拉断，掉在地下室里了，于是，就一个人回去找。我没带手电，连盒火柴也没有，我决定用脚找，如果踢到什么带响的，那一定是我的一串钥匙了。

我来到地下室，在大厅里找了一圈儿，什么也没有，来到一间起居室，仍然没有，一共三间起居室，我都一一搜过，还是一无所获，于是我来到厨房，也没有，连水池里我也找了。地下室内漆黑一片，在里面待久了，就会感到很不舒服，但那时我是一个胆大得出奇的小孩，什么也不在乎，眼睛慢慢地竟完全适应了黑暗。我知道，如果我父母下班回家，发现我把钥匙丢了，会说我两句，要是他们知道丢在地下室，就更会说我，因为，自从灯泡没了以后，父母便不再让我去地下室玩了。

我走出厨房，不知该到哪里去找，忽然，我想到还有一个洗手间，于是推门进去。我找了一圈儿，仍然一无所得，我决定到一个同学家借个手电来找。我站在厅里，刚要走，忽然，闻到一股烟味，不是烧纸的那种烟味，而是香烟的味道。我从小对烟味十分敏感，父亲抽的烟我只闻就能报出牌子，但这次的烟味却是我从来没有闻过的，难道，这里有人在抽烟吗？我走来走去，在黑暗中睁大了眼睛，想看到那个烟头的亮光，但是什么也没有。烟味越来越浓，一片静寂中，我不知自己是否听错了，但确实有一种弹烟灰的轻微的声音传来，声音来的方向也能判定，就在我的正前方。我一直走去，知道那里是洗手间，我刚刚从那里出来，知道那里什么也没有，但我不放心，于是再次推开洗手间的门。忽然，我被眼前看到的情况惊呆了，我看到，在正对洗手间门的马桶上，坐着一个三十多岁的女人，她穿着一件红色的旗袍，烫着发，长得很白，涂着浓重的口红，两条胳膊露在旗袍外面，手里拿着一支长长的烟在抽，烟头一明一灭，而烟灰被她弹落在她身边的浴缸里。我愣了一会儿，我发现，女人所在的洗手间内有一种淡蓝色的光从顶棚照下，女人也没有注意我，她只是坐在那个马桶上抽烟。我不认识她，从来没有见过，当然，更不知她是什么时候进来的，于是我决定离去。我慢慢地，一步一步地退出洗手间，转身要走，突然，背后传来一个非常细的声音，声音混在一股浓浓的烟味里向我飘来，像是一种叹气的声音。我停住脚，迟疑了一下，慢慢回过身，我看到，她的香烟已经掉在脚下，没有熄灭，还亮着火光，我看到她的脚，她的脚上穿了一双红色的高跟鞋，鞋跟又细又长。她仍坐着，没有发现我，我看到她好像很苦恼似的，把脚在地上划来划去，我听到，随着她的脚的每一次划动，都有一种我熟悉的声音传来，我听出来了，那是我的一串钥匙。我站在她对面，犹豫着，不知该不该问她要，这时，她再次拿出一支烟，“嚓”的一声用火柴点燃，在火光里，我看到她的眼睛。这时，她看见了我，我吓坏了，一动不动，嘴里也发不出声，因为她的目光非常奇怪，她好像并没有看我，而是看着我背后的什么东西。我回头看了一眼，我背后什么也没有，我再次转回头来，只见她弯下腰，从地上捡起我的一串钥匙，在眼前轻轻晃一晃，声音竟很好听。我看到她抬起头来，望向我，然后对我讲话，我想听清她在讲什么，但不知为什么听不清。她声音极细极弱，但又很淡，每说一句，便有一股烟味迎面而来。她用长长的烟指指钥匙，又指指我，像是问我这钥匙是不是我的。我点点头，她冲我做了一个“过来”的手势，我迟疑了一下，没有动，于是，她把钥匙轻轻扔进身边的浴缸里，然后低下头，像是努力回忆什么似的。我等在那里，一动不动，不知该如何是好，正在这时，她再次抬起头，对我说话，说一句，停一下，看看我的反应，然后再说。可是我一句都没有听见，为了听清，我向她挪了一小步，没想到，正是这一步，却让声音比以前大多了。于是，我一小步一小步地走近她，随着我的走近，她的头也慢慢抬起来，眼睛望向我，一点一点，一点一点，终于，我发现自己慢慢地听清了她对我的话，她对我说——

“喀嚓”一声，对方电话挂断。

第二天，陈小露对我说，她吓坏了，根本无法入睡，爬起来点亮屋内所有灯，又吃了一片安眠药，但整整一夜也没有睡着，她甚至不敢去自己家里的洗手间。

128

谈到恐怖故事，让我顺便想起一个人，中国写恐怖故事的作家虽大有人在（比如作《聊斋志异》的蒲松龄），但就我看来，普遍水平却是离奇有余、恐怖不足。奇怪的是，让我印象最为深刻的一篇倒是出在我读中学时的课本里，那是鲁迅所作，题目好像是《药》，故事写的是一个人血馒头的经历，让我不由得承认鲁迅真不愧是作恐怖小说的好手。证明这一点易如反掌，你只需看一看我就可明白个中原因——说老实话，从我读到那篇课文到现在，十几年了，居然养成吃米饭的习惯，再不敢向馒头看上一眼，足可见其艺术感染力之深厚。

129

关于陈小露，我想我该讲的都讲了，连点点滴滴也未放过。“德宝饭店”分手以后，我们仍然有彼此的消息，并且还见过不止一面。我记得有一天晚上我去她那里，她正一个人喝酒，我坐在她对面，本想与她聊天，但却无话可说。我抽烟，她喝酒，偶尔对视，一会儿，她走过来，坐在我腿上，然后抱住我，抱得很紧。我的脸隔着她的衣服，贴在她的两只乳房之上，使我几乎难以呼吸。我们就保持那个姿势，待了很久，然后我离去。这个场面我不爱提及的原因是，它很像我看过的某些电影场面，我不喜欢电影中的类似场面，说句实话，那次拥抱十分空洞，我不知我们的拥抱代表了什么。

130

如果有一个人，成天拉着你四处乱转，今天让你饿得半死，明天让你尝遍山珍海味，后天发你一个美女，接下来一年只让你手淫而不让接触任何女色，一会儿让你向东，一会儿又让你向西，忽而让你失业，忽而又让你失恋，再待一会儿又让你管理别人，没过多久却又把你卖为奴隶，突然间，让你有了朋友，接下来又给你财富，但很快再把你变成一个穷光蛋，让你众叛亲离，孑孓一身，然后他找个机会把你推下万丈深渊，当你快到底儿时，他又把你从半空捞起，用力丢进大海，在你被苦涩海水灌得五迷三道之际，让你浮出海面，并教你游泳，然后指给你看不远处的一块陆地——按理，他对你不错吧，给你提供了那么丰富的内容，试问，你会觉得他怎么样？

一般来讲，如果我遇到这个情况，我只会觉得这个人在折腾我而已，当然，我这也只是乱猜一气。这个故事是什么意思？我告诉你，这个故事的意思是在讲——我与生我养我的这个世界的关系。

问题的关键在哪里呢？问题的关键是，有一点这个世界永远而且绝不向你透露，那就是为什么他要对你那么做。

我再问，你会觉得这个世界或者这个人怎么样？

这就是我与陈小露分手后常问自己的问题，想这个问题让我很烦。这个世界如何看待我我不知道，但我对这个世界却是有着不少看法，这些看法虽然多变，也许其中掺杂不少成见，但随着我的年龄长大，一些基本的结论却是慢慢地越来越清晰了。

第一、我认为，这个世界对我缺乏善意，由此，我虽然无法断定这个世界的本质是恶的，但我也绝对无法同意这个世界具有善的本质。

第二、我认为，这个世界非常难以理解，以至于我几乎无法对它作出什么议论，也许这与我处于这个世界的底层有关。

第三、这个世界向我提供了好奇心，这使得我无法立刻离开这个世界，而且，我无法知道我的好奇心何时会消失，但这一点却无法证明什么。

第四、对于这个世界，我在本质上无法对其说三道四，因为没有弄清其中的任何一点东西。

第五、这个世界存在的理由，从逻辑上讲是无从知道的。

第六、作为一个作家，我对自己的真正使命缺乏了解，因而，我的创作属于盲目创作，它意味着，我不知道这个世界的真正需要，我也不知道我能给它增添什么，甚至，我认为，任何被需要的自我感觉都是一种幻觉，而且，任何东西在相对比它高一层的角度讲，都是可以相互代换的。

当然，得出这些结论不仅与情感经历有关，可以说，它与我所有的生存活动都有关。

131

大庆在北京时，与我谈过一个创作上的问题，他认为，很多作家喜欢把他们创作的主题依附在某些母题上，比如命运啊痛苦啊之类，这些问题很容易被任何人提出，但却无法被任何人解决，作家一般不长于思想，因此，作家做的工作只是在不断地重复地阐述这些母题。比如，作家知道，命运就是他的一家在生活中所遇到的情况，或是他所认识的人的一生或一天所遇到的情况，作家把这些通过故事讲出来，一切就此完事大吉，大庆认为，这就是一流作家所作的全部工作。

但他们的工作有一点令我十分不满，原因之一，那就是琐碎异常——说一千道一万，只是为了一句话，比如，人的命运是荒诞的，痛苦的。他们的工作有点像欺负人的过程，你遇到一个小孩，想告诉他被人打很疼，很不好受，你告诉他或者打他一下就够了，但不行，你要先打出一记耳光，然后再踢上一脚，然后脑后一拳把小孩放倒，骑上去，再揪住他的头发，把他的脑袋往石头上撞，然后你起身，找到一根棍子，猛击向小孩的腹部，然后你再度离去，回来时手上出现一把砍刀——最后，你对小孩说，现在你知道了，被人打很疼，很不好受，是吧。

原因之二，作家的工作没有解决一个根本问题，我认为，那就是实际上，作家不知道自己在说什么。出现了这样一个情况，让我感到十分无聊，因为在我的写作中，也遇到这种情况。我讲我与陈小露的故事，生动也罢，不生动也罢，讲来讲去似乎就是一个事物的发生发展与结束，除此以外，没有更多的东西包含其中。这个故事中所包含的任何意义，都已被别人无数次地阐述过，有的人阐述得比我好，有的人不如我，这无关紧要，重要的是，那些人与我一样，在做着重复的无意义的事情。这让我产生了一种担忧，我要在这里特别提及，那就是，我们一起把题目和对于题目的阐述搞得越来越大，以致大到了这种程度，那就是没有人能够看完它们，如果谁想跃过这一节，他将发现，除了母题存在以外，没有任何内容，也就是说，母题下面空无一物。也就是说，没有人会讲“为什么要有命运存在，为什么要有痛苦存在，它们的存在有何意义，它们的存在是可知的，还是不可知的”这一类事，作家只是对于题目作出阐述，只是告诉你——“世上有命运有痛苦这回事，以我的经验看，它是这么表现的——”

这是可笑的，小说就是这么一种可笑东西，它是一种胡言乱语，只有在作者与读者都自信自己知道些什么的时候它才得以存在。

132

美国有个桂冠诗人叫普鲁斯特的，一生平淡，事业基本平坦，爱情顺利，写出大量不疼不痒的长短诗，他死前就想好自己的墓志铭，死后墓碑上便出现了这样一句话，用来说明他的一生与世界的关系，叫做：我与这个世界有过情人间的争吵。

这几乎可算是对完美人生的总结，优美隽永又温情脉脉，完全是一句诗。

但是我不能同意他的观点，因为他的观点实在很不广阔，个人经验浓重，那种美好愉快的经验甚至令人气愤，我想我无法获得那种经验，很少有人能获得那种经验。我是说，在看到这个如此黑暗的世界之时，我几乎可以断定，如果这个世界是个大众情人，那么我对她的追求绝不会成功，我既不想强奸这个世界，也不想做无聊的追求者，因此，我只好与她分道扬镳，陷入孤独，然后我会在墓志铭上照实写道：我与这个世界也许有些相干，但相干到何种地步，非常遗憾，也许要到了那边才能知道。

这是我在与陈小露分手后想到的。

133

与陈小露的情感纠葛离我而去之后，理所当然地给空虚留下一个空缺，随着空缺的增大，空虚感也与日俱增，因此，排解它们简直成了我生活中的一件大事，叫我感到欣慰的是，我住在北京。

我说过，北京是个大城市，有很多人，其中也不乏我的经历者，对于这种人，北京当然有所准备。北京是个经验丰富的主人，善于对付形形色色的家伙，北京的真正本领在于看人下菜，这在中国的城市中无疑算是得天独厚。于是，我坐上出租车，去领取北京的礼物，礼物如此之多，几乎叫我目不暇接，还未到手便已眼花缭乱。告诉你我收到什么——荒唐的夜晚、接连的失望以及随之而来的无限寂寞。

134

有一个来月的时间，我每晚出动，流连于酒吧、迪厅、饭馆等公共场所，勾搭每一个可以到手的姑娘而不问好坏，结果令人十分难过，这在我的日记中有所反应。

日记一：今天我与建成来到一个迪厅，我们在吧台喝了一杯啤酒，然后在人丛中寻找可以与之交谈的单身姑娘，我们没有找到，只好又喝了杯啤酒，然后回家睡觉。

日记二：今天，我又出动了，与我的一个朋友老孟同行。老孟是我的大学同学，他有一辆红色夏利，他有个特点，那就是倒霉，尤其是在与姑娘的关系上。他认识不少姑娘，可惜都只停留在认识上而已，但他不以此为满足，他要更进一步，他有个外号叫“情圣”，很多外号都是根据本人的反意取的，老孟的情况如何，看看下面便知。他正巧没有生意可做，闲得发慌，见我苦闷，好心带我去嗅蜜，我当然非常欢迎，于是，我坐上他的车，被他带往和平宾馆，在那里，我们看表演，姑娘们飞舞的大腿搞得我心烦意乱。我们都喝了不少酒，终于，老孟找到两个愿意跟我们说话的姑娘，不幸的是，她们在我们替她们结了酒账之后就溜掉了，当然，酒账很贵，一句话，我们被骗了。

日记三：我们再次被骗了。原委是这样的，我们来到一家夜总会，本想看看，却被领班热情地领进包间。我们挑了两个三陪一起喝酒唱歌，老孟唱得很好，两个姑娘不断为他鼓掌，我闲在一边。终于，我们向两个姑娘提出带她们出去过夜的要求，她们没有拒绝。我们谈好了价钱，彼此满意，我和老孟趁姑娘不在意时彼此对视，脸上露出得意地笑容。我们要等到她们深夜两点下班后才能带她们一起回家，于是，我们继续与她们喝酒唱歌，直至她们答应的时间。我们付完小账，在结包间费时，我们发现，我们要付出三千六百元，我们忍痛付完账，到外面去等两个姑娘。不幸的情况出现了，两个姑娘插上翅膀，不翼而飞，一点信义也不讲。

日记四：我们又出动了，我现在不想出动，但写作无法进行，只好以出去散心来作借口。老孟与我的经济状况被出动搞得很狼狈，而且，一无所获。我们决定，退而求其次，于是来到一个据说是色情场所的歌舞厅，我们在那里找到两个姑娘，一个像心怀叵测的受气包，一个像专横残忍的无尾猿。与她们待了半小时后，我吐了，不全是因为酒喝得太多，我得承认，相貌很重要，其重要程度超过平常想象，貌似天使的魔鬼与貌似魔鬼的天使之间，我很可能选择前者，这是审美在起作用。我在动物园猴山边上看猴儿常常想，美是相对的，因为所有的猴在我眼里无甚区别，但在实际生活中，美似乎是绝对的，我无法与相貌过于奇特的姑娘上床，甚至一起吃饭也会感到难以下咽。怪不得生活中有偶像这种现象，人们在很多时候需要形式，对内容采取回避态度。

日记五：我们又出动了，真可怕，简直是活受罪，明知没有什么结果却非要试试，难道生活的本质就是如此吗？我与老孟约定，我们只是找一个美女如云的地方看看即可。我们真的找到了这样的地方，在一个记不清名字的酒吧，我们见到很多美女，以致我们的眼睛都忙不过来了。可是，我们很快便厌烦了，她们与别人在一起，与我们毫无关系，活像是气我们一样，这种情况令我们无法忍受，从酒吧出来时几乎有点愤愤不平，这一切都像在提醒我们，我们与美好的生活毫无关系，我们连肉体美都无法享受，更不用提精神美了。这一情况还给我个人带来一个不妙的感觉，我就像是一个无人理睬的垃圾，这让人有一种羞耻感。也正是由此，我想我很能理解那些曾经使历史倒退的革命，那是人的本能，这种本能一定在每个人身上都存在，那就是对美好事物的占有欲。美好的事物并不多见，因此，从一群人手中换到另一群人手中也是在所难免，一个即使是最文明的社会，也不过是能给更多的人提供机会罢了——没办法，僧多粥少啊！

日记六：我与老孟违反了不嗅良家妇女的规定，我们约了两个姑娘，把她们带回我家，我做饭，老孟唱歌。但良家妇女也有毛病，就是太计较，如果不骗她们几乎无法得手，如果只提出性要求而不谈其他，那么就是不尊重良家妇女的生活方式。因此，我打了退堂鼓，半夜一点，开着老孟的车，分别把两个姑娘送回家，等我回来时，老孟由于失望，已经睡着了。

日记七：我们又出动了，这对我与老孟来说，已经成了一种自我折磨。我们一连窜了四个迪厅、三个酒吧，结果当然是一无所获，只有我的兜里装了一堆门票。我认为，这样花钱效率太低，我与老孟经济水平相差无几，我们不是有钱人，但我们却像有钱人一样渴望姑娘与爱，而且，因为，我们很少能占有美好的事物，因而，对美好的事物除了渴望，还非常好奇。但美好的事物对我们却不感兴趣，我不责怪世上有美好的事物出现这件事，我只是自责，因为，面对现实，我实在是太不自重，应当过与自己身份相符的生活，不是吗？

日记八：我们几乎是恬不知耻地再次出动，在车上，我们听罗大佑的歌——《穿过你的黑发的我的手》，这首歌是如此色情，以至于我几乎想到使用海誓山盟这种不要脸的手法赢得姑娘的欢心。我们去见了一个姑娘，请求她再帮我们约出一个姑娘，她人不错，挺帮忙，老孟的手机都被她打没电了。可惜，她的朋友都很忙，出不来，于是，我们只好兵分两路，我回家，老孟与她谈情。我回家后十分钟老孟就到了，他说他也没戏。我记不住这是第几次了，我们两个难兄难弟在饱受挫折之后，心中不禁泛起一种想抱头痛哭的激情——为阴茎而奔忙真是太惨了。

日记九：这是上午十点，我发誓，再也不出去了！马上开始写作，中间休息时间看电影史，用晚上时间看笛卡尔的《第一哲学沉思录》，这样既可增加知识，又可免受侮辱，实在不行，就解积分题，玩电子游戏也行，总之，不再出动。这个决定一定要坚决执行，不能马虎。

日记十：如果我在昨天上午发过誓，那么到了晚上我一定是改主意了。老孟来时，我刚看了三页笛卡尔，但他的一句“无聊啊”之后，我便收拾停当，与他一起出门。坐到他的车上，我心情很不平静，甚至有一种犯错误的感觉，不仅是感觉，简直可以说是冲动。我又犯错误了，我们去桑拿，然后进包间按摩，与姑娘的手刚一接触，不争气的阴茎便“当”的一声勃起，暴露了一切，但姑娘不为所动，她佯装不见，我也只好如此。半个钟后，我付了她一个钟的钱，然后出来，我想我无法忍受类似按摩这样强烈的性挑逗，尤其不能到这种健康按摩的地方来，我满腔欲火地进来，未得到任何满足却被搞得更加满腔欲火，这不好，对我身心的健康发展十分不利。

但是，今天我仍未记取教训，号称“情圣”的老孟由于连续多日没有得手，已经变得十分烦躁不安，他与我一起来到一个酒吧。这次他约来的两个姑娘号称“大喇”，其实只是徒有虚名而已，也许是因为对我们不感兴趣，她们的表现完全像两个刚烈女子，愿刚烈女子肛裂吧——这是我对她们的祝福。我们得到她们的许诺，明天与她们一起开车郊游，做梦吧！我想，我们不能因为想操她们而与她们郊游，这么做太不直率，太不真诚，完全是虚伪，我不喜欢虚伪，因此，我决定不去。回来的路上，老孟先是埋怨我，后来对我说，像我这种理想主义者，在色情方面不可能有所斩获，以致连累了他。我同意他的观点，作为补偿，我决定独自承担一晚的费用，但老孟坚决不同意，看来友谊远胜于色情，但是，为什么不能做到见友忘色呢？见友的结果往往是，两人都想起色情，看来，友谊虽胜于色情，却不能代替它——除此之外，友谊与色情还有什么关系呢？这是一个需要思考的问题。

日记十一：“就此打住”，这是我今天见到老孟的第一句话，但是，无可救药，我们又出动了——完全是自找苦吃。老孟是这样启发我的：“在探索色情的路上，没有捷径可走，只有敢于克服千难万险的人，才有希望到达光明的终点。”他的话虽然给了我一些信心，但我却不敢苟同。我们来到一个迪厅，兵分两路，去寻找我们中意的姑娘。出乎我们的意料，我们竟然发现了她们，我们与她们蹦迪，请她们喝酒，把她们带出迪厅。天哪！我和老孟几乎无法相信自己的眼睛，灯光下，她们与迪厅内是如此的不同，活像两个小鬼儿。这时，我才发现，所谓迪厅，不过是人间地狱而已，那里面黑咕隆咚，什么也看不清楚，在刺耳的音乐声中，在阴森的蓝光之下，人影绰绰，甚是可怖，里面的姑娘看似迷人，一旦暴露在光天化日之下——她们长成这种样子，居然也敢出来混，实在不负责任，为什么不去羞愤而死呢？我和老孟交换了一下眼色，对姑娘说，我们要去洗手间，姑娘说她们也要去。我和老孟机智地摆脱了她们，开车回家的路上，我们心情舒畅，一起唱起了《义勇军进行曲》，只有胜利大逃亡的罪犯才能有我们的好心情——我决定，从明天开始，结束这种不体面的夜生活，重新做人，不再做色情的奴隶……

日记十二：我们又出动了——我明白了一个道理，有些事情了解了也没什么意思，就像倒霉，你知道有倒霉这回事就完了，不必亲自去倒一遍——以后，我决定不与老孟这种人来往了……

135

一个月后，老孟在天津有了生意，于是离我而去。老孟走后，我翻看自己惨不忍睹的日记，不禁感慨不已，四处寻找姑娘的日子结束了，留下的只有不光彩的悔恨及受挫后的叹息。一天中午，我独自去一个公园散步，回到家后，忽然想到我在公园看到的儿童游乐场，奇怪的是，从人类给儿童提供的游戏里，我居然大致可看出人对自己存在的态度。

第一个我想到的是滑梯。这像是一个隐喻，你一阶阶爬到某一高度，忽然之间，你往下一坐，眨眼间便出溜到原地。

第二，转椅。你坐在上面，除了晕头转向以外，什么也感觉不到。

第三，捉迷藏。别人藏起，你去找，找到后，你去藏，别人找。

这是三个我童年时代经常玩的游戏，那时我们家住在太平街，靠近陶然亭公园，于是便天天与伙伴们去公园玩，而且乐此不疲。长大以后，蓦然回首，我忽然发现，到现在为止，原来我所做的任何事都与这三个游戏有关，而且感受也相同。叫人奇怪的是，我为什么不知厌倦，总是在重复相同的东西呢？

136

建成在杭州演戏，我因为小说进展缓慢，于是决定去看看他，顺便在西湖边上散散心。我到了以后，建成的戏正好全部拍完，于是我们两人游起了西湖。正是秋天，西湖处处美不胜收，除了每天喝假龙井、吃西湖醋鱼外，我们几乎无所事事，不是在苏堤上散步，就是坐着船在湖中闲晃。也去过西泠印社，给我的印象是，在那个巴掌大的小园里，最少可以容下二十对青年男女谈情而相互不影响，真是设计得巧夺天工。

临走前一天，我与建成游了岳王庙，看到岳飞与秦桧的铜像，当时有一种不舒服的感觉。几年以后，在我三十一岁时，我看到《格调》一书，据书中所说，欧美上层阶级里面的人物传统上被称为绅士，绅士是个了不起的称号，绅士最讨厌别人说他们好，比如说他们有品味，说他们的食物多么考究，说他们的家具多么古老多么牛逼等等，在绅士眼里，这些都是不恭的表现，那里的一切理所当然的美丽、高贵、耀眼，这是毫无疑问的，不需特别提及。绅士还有一个特点，那就是他们从来不质疑一个人的价值观问题，因为那不过是顺理成章的事情。正是因为他们对思想的漫不经心，因此，他们明确地将自己的安详归咎于“从来不让任何人的思想来烦扰自己”。

当然，我也对那个小庙也极不满意，西湖景致如此美丽，倒让一个小庙减色不少，造此庙者艺术文化水准真是差得可以，看来，真是该回家好好学习学习再出山挣钱呀。

137

从杭州回来以后，我的心情仍不见好转。我意识到，写作是一个叫人痛苦的生涯，痛苦的根源在于，写作让人思考，思考不是什么乐事，思考之下，以前觉得理所当然的事物慢慢变得支离破碎，荒谬绝伦，置身于这种感觉之中，真是叫人有说不出的扫兴。有一阵，我几乎相信自己是一个鬼魂，而周围的世界仅仅是一个幻觉而已。那一阵儿，我天天做梦，在梦中我干出一件又一件叫我醒来大惑不解的事情。

比如：我梦见自己曾经到过月球，在那里认识了一个外星人，我与外星人一起聊天，抽烟，外星人在月球上有张双人沙发，我们一起坐在上面，把地球当作一个连续剧来看，天天乐此不疲。还有时，我梦见自己变成一个奇怪的粒子，我可以在同一时间以不同速度运动，这样，我便可以同时在宇宙各处出现，真是自由到了极点。也有时，我梦见自己同时变成两只不停吵架的猫，直搅得四邻不安，令人十分讨厌。

这一切的结果，是我对人生的一切更加淡泊，性情也更加消沉，对一切事物也更加“坚疑不信”。隐隐觉得，思考不是什么好东西，思考的过程很像是毁灭的过程，这一感觉非常令我不安。

138

我讨厌这样的人生信条：善有善报。

这种想法意味着：一个人，他之所以向善，那是因为希望得到回报。我私下里认为，希望得到回报是一种颇为势利的坏品质，它的重点在于回报，因此，如果通过作恶能得到善报，持这种信条的人很可能就会选择作恶。此外，这种信条还具有某种交换的气味，交换的根本原因是因为本身缺乏又希望得到，也就是说，以善换善的自身出现矛盾，因为希望得到善是因此本身缺乏善所致，我的意思是说，希望得到善的人往往自身拥有的是恶。此外，交换带着一种缺乏的意味，一种不想吃亏的意愿，持这种信条的人往往这么想，以善换善是个好买卖，事实上，这种斤斤计较的人偏偏从来都很难占到便宜。

我喜欢这样的人生信条：恪尽职守，无怨无悔，不图回报。这很难做到，但是，至少我喜欢这种气势，那就是，我才不需要别人对我怎么着呢，我先管好我自己再说。

139

关于人生信条，我还要多说几句。

人生是一个奇怪的过程，这是我得出的一个结论，得出这一结论并不难。

一个人，在他有生之年，必须得一点拿得住的东西或者得到确认的东西，以此作为他生存的理由，否则，他的人生就属于虚无。当然，有许多人相信虚无，但这并不妨碍他们吃好睡好，享受性爱及造出虚无，也就是他们的下一代。相信虚无，也就是什么都不信，也就是说，这样的人明明没什么理由生存却生存着，对我来讲，这属于怪事儿。

与之相反，另一些人却相信点什么，比如真理正义道德科学之类，我不说他们能不能遵守他们的信念，这是他们对于他们所信之物的态度，这种态度往往十分暧昧。我想从另一角度说，我说说他们与他们所信之物的关系。首先，任何人，无论这是什么人，他无法拿到有关他所信之物存在的证据，比如说，一个人信地球是存在的，但除了关于地球存在这一事本身，他很难谈到更多，比如说，为什么地球存在，地球存在的起因是什么，地球存在的结果是什么，地球存在具有什么意义。事实上，关于地球存在这一事实迄今为止还未存在一个绝对的解答，也就是说真正站得住脚的正解，于是，具有地球存在这一信念的人，与他所信之物——地球存在这一事件，两者之间便出现这样的关系，那就是，前者对后者，也就是他的所信之物根本不了解，也就是说，他相信，却不知道自己相信的到底是什么，也就是说，一个具有信念的人与他的所信之物隔着千山万水，几乎没有什么关系，那么，可以说，他的“相信”几乎可用“盲从”代替，成为一个愿意与不愿意的问题，也就是说，成为个人意愿，而个人意愿对于整件事来讲，几乎可用不着边际来形容。因此，对于我来讲，具有人生信念的人就成为这种人，他们有了一个生存的理由，但这理由纯属一个不明之物，他们的理由是某种意愿或愿望而并不是事实，也可以说，他的生存理由是无中生有的，他们的生活以无中生有作为信念，这种自我欺骗让我难以理解，因此，对于我来说，他们的生存也是一件怪事儿。

两件怪事儿加在一起，虽然我不敢就此断定人生无理，但至少我会不由得打出圆场——人生实在是一个奇怪的过程。

140

得出这一结论之后，我感到有点尴尬，因为我不知道我该拿我的人生怎么办？我对人生说三道四吧，显得有点轻浮，去做人生的某些琐事——比如写剧本挣钱买吃买喝制造下一代吧，又显然是在掩耳盗铃。我打开电视，翻开书本，看到别人忙忙叨叨、来去匆匆，以此为榜样对我实在是有点为难。我看着他们一个个粉墨登场、劲头十足，活像是在举行某种没什么理由的奇怪仪式。对此我大惑不解，我觉得自己简直是来错了地方，所谓“误投人世”是也，可是这个错误如何得到纠正呢——自杀吧，不太对，因为即使错了，以死谢错未免做得太过，尤其是在我没弄明白错在何处、错的深浅、有无补救措施之前；接着混吧，问题又回到老地方，如何混，混什么——我是对那种诸如东洋式的“生存的智慧”之类的东西没什么兴趣，因为有关这方面的问题你大可向猪请教，只要你费点劲设法与猪聊起来，一切问题便会迎刃而解，因为猪比起人来当然生存条件更为艰苦，生存意识顽强，它们伙食差，变化少，穿得也不行，性生活也完全暴露在光天化日之下，对自己的爱好也是不太在乎，对同类也颇能忍让，即使发生猪的战争，也像是小儿嬉戏，极少流血事件，规模小，为害浅，完全可免去战后重建等等劳神费力之事，而且在对待痛苦、疾病、屠宰等等在人看上去非常棘手的问题，它们态度达观，一副不斤斤计较的样子，比起人的猴急来，它们显得镇定自若，神态安详，举止稳健，在不爱表现自己方面，也极具绅士风度，你能从一群猪当中一下找到猪王吗？它们优点明显，完全可成芸芸众生的楷模，让那些地摊上讨论什么幸福快乐之类的杂志相形见绌——在这方面，我想起了老苏格拉底，他穿着一件垃圾似的大氅，天天在雅典城中转来转去向人请教，被他麻烦的人不计其数，他就一直在想如何使人的生活更加完善这件事，这个笨蛋，为什么不去与猪多聊聊呢？

但是，不学猪我学谁呢？

于是，我迷失了。

我不仅是在人生信念这个问题上迷失，而是几乎在所有问题上都迷失。我状态很不好，我也不喜欢自己的状态，但是，如何改变呢？我不知道。

141

北京，北京，北京，北京——我住了又住的地方，我逛了又逛的地方，我看了又看的地方，我讲了又讲的地方。

这里是我的最爱与最恨，还是我的子宫与棺材。

北京的白天车流滚滚，人潮汹涌；北京的夜晚灯火不熄，希望常在。

这里的香烟会私语，烈酒会哭泣，这里的杯盘会碰撞，这里的家具会碎裂。

这就是北京，拥有欢声拥有笑语的北京。

这里仍是我的北京——可爱的北京，比想象的还要可爱。

仍是我想抚摸的北京，抚摸了还要抚摸的北京。

仍是我想回来的北京，仍是我想离去的北京，仍是我记忆中的北京，仍是我遗忘了的北京。

北京，北京，北京，北京——我的北京，我们的北京——

愿这里笑口常开，生生不息，更愿这里欢乐常在，永无休止。

我以一个无业游民的身份住在北京，在北京出生，在北京长大，在北京谈情，也许，我会在北京死去，但对于这个城市，我却十分不了解。无论如何，我对我看到的北京总有一种浮光掠影的感觉，由这个感觉出发，我有时竟觉得北京是一个想象中的城市，是一个虚幻的城市，它闪烁不定，时隐时现，除了泛泛的感觉之外，我无法知道更多，虽然，我时常在北京游荡，对它的大街小巷都熟悉。

我知道，我住在北京，一直都住在这里，我常常感到自己在守护着这座城市，却为这座城市所抛弃，我感到，我一再感到，应为这座城市绘出图画，作出音乐，可我无法做到。

于是，我把自己想象成诗人，想象成这里唯一的诗人，但在想象中，我的诗篇却被人嘲笑，惹人气恼，令人讨厌，更令自己不快。

也许，我应开始写作。

也许，我应停止，不再言语，就地死去。

142

我想，写作就是一个不断失败的过程，从头至尾，我徒劳地挣扎，总想写出一种事物的真相来叫读者确认，不幸的是，我从第一个朱玲的故事开始，便陷入了失败。然后，我开始写张蕾的故事，完全不着边际，我不知我那样写下去有什么意义，读者完全可以自己完成它，于是，我对自己失望了。

我在绝望中下手写我与陈小露的故事，我坚持着，把它写完，终于写成了一部纯情小说，很多人都喜欢纯情小说，不幸的是，我写完之后却不满意。我又补充了一些关于陈小露的点点滴滴，仿佛摆脱了纯情小说，进入某种较客观真实的叙述，而故事看起来也更加完整，但是，却无论如何无法向我自己讲清，这个故事到底告诉了读者什么东西。于是，我再次回到自己的生活，我还写了几个朋友如大庆、建成等，他们与我一起，组成了我的生活。我的生活与我的小说是一个更大的整体，但是，一如我在小说里证明的那样，这个整体毫无意义，无论条理如何清晰，无论如何有理有据，读者仍无法了解一切，无法知道起因与结果，就像兴安约我写稿与我交稿不是这个故事的原因与结果一样，我的生活也不是这个故事的原因与结果。我如坠五里雾中，什么也不知道，我再一次成为一个不明飞行物，艰难地飞过故事全程，却不明就里。我仍没有找到任何可确定的东西，我仍在寻找我的生存信念，我仍糊里糊涂。至于我的读者，我不知你们叫我什么，如果以傻逼相称，我虽然对这种不敬会怀有某种不快，但我却只能不无遗憾地承认你们对了，并且认为，读者不止现在正确，以后也将会一劳永逸地永远正确，但是，连这个关系都是难以确定的。

143

最后谈一下我与陈小露分手的具体事件。

此事发生在我与陈小露最后一次同床共枕的时候。

那是我们在北京郊外的饭店所住的最后一天，从一起吃晚饭，到一起玩电子游戏，到上床，到乱搞，到睡去，一切顺利，岂止顺利，我们似乎是伊甸园里的天作之合，简直可用完美无缺来形容。但完美无缺也有其致命弱点，完美无缺以后便会无事可做，完美无缺像是一桌美味的筵席，等着完美无缺的破坏者前来大吃一顿，直至吃完以后，顺手掀掉桌子，一走了之。

事实上，在我毫无准备的情况下，这个破坏者果然翩然而至。

一大早，我正睡着，被耳边一种模模糊糊的声音吵醒，我刚要伸手抱住身边的陈小露，忽然，那个声音叫我停下手来。我听到陈小露在打电话，而电话的那一头，显然是陈小露的台湾老公，于是，我决定偷听。

偷听不好，我是这么认为——既是偷听，它的意思是，别人不想让你听，你却非听不可，既是不想让你听到内容，多半不是什么对你有利的事情，既是非听不可，多半是想得到一个对自己不利的消息，一个好心，一个不领情，这中间的冲突当然无法避免——于是，我感到我做了件不好的事情，当然，陈小露也有问题，她满可以到洗手间锁上门去打这个电话，但她一时偷懒，造成了我偷听的恶果。

我听到陈小露声音非常之小，小得几乎立刻让我可以判定那是一件不光彩的事。声音小还有一个后果，那就是我必须要非常专注才听得清楚。我当然很专注，一动不动，竖起耳朵。我听到陈小露在与她老公聊着去机场的事情，原委是他老公当天下午到，陈小露去接。这件事其实没什么了不起，我忍气吞声地偷听到如此内容就够倒霉的了，更倒霉的是，她谈起来没完没了，不消说，她的谈话风格婆婆妈妈，简直是对我的一种折磨，但这种折磨我也扛得住，因为这对我虽是折磨，但我一想到对他老公也是折磨便稍显宽心。真正把我激怒的原因却是陈小露在谈这件事时的腔调，她老公长老公短，中间夹以耍刁放赖、打情骂俏等等等等，这种语气不仅轻浮，简直可以说是迷人，这是真正天仙的腔调。

我要说，我很喜欢她用这种腔调与我说话，但不喜欢她这样对别人。真正激怒我的是——我想到她老公会像我一样喜欢她的这种腔调。

我听着，听着，听着，恨得要死，难过得要命，嫉妒得发疯，电话一完，我便一跃而起，走进洗手间，把自己反锁在里面——我坐在马桶上，喘着粗气，扭头看看镜子，在我的头上，仿佛出现了一只滑稽可笑的绿帽子，挥之不去，一如我挥之不去的怒气一样。我扭开门，回到陈小露的床边，一下坐在那里，找到一支烟点燃，然后一言不发抽着。她欠起身来，绕到我前面，看着我，她极平静，一点奸情败露的表情也没有，还有一种得意洋洋。我意识到，对于她的台湾老公来讲，她的奸情尚未败露，而对我来讲，她陈小露去机场迎接一个绿帽子的台湾老公也可使我不失风度。遗憾的是，我爱她，我在二十六岁时爱上她，当然，这使我大失风度，不是因为我一丝不挂地坐在床边抽闷烟，也不是因为我想着她将会在几个小时后爬到另一张床上，更不是因为我不再朝她所在的那个方向看，而是因为我对情感这东西完全失去了信心，而是因为我想到了以后的日子，那些空虚的日子，而是因为我感到现实正从我这里夺去最后一件礼物。我想，我的生活，我的故事，甚至我的写作——这可笑的一切该完结了吧？

144

在回去的路上，我坐在陈小露身边，她开着汽车，让我为她念我们在乱搞时被高潮打断的诗——那是一本米沃什的诗选，我打开诗集，却又沉默无言，我不知从何念起，甚至，我很难看到几个完整的句子，但是，还是有一些诗行印入我的眼帘，那些诗句如同某种咒语，既优美亲切，又不知所云。阳光透过车窗，不时从书页上一闪而过，我只好不时地闭上眼睛。我睁开眼睛，我看着前面的路，我歪头看一眼正在驾驶的陈小露，我一页页翻着。陈小露的手时常离开档把，伸到我的书下，隔着裤子捅一捅我的阴茎。我听到她开着玩笑，说着什么参加F1方程式的事情，她说我们俩完全可以制成一架足以与法拉利相匹敌的赛车，她将一丝不挂地拦腰骑在我的身上，将以我的小腹为车座，以我的双脚为车轮，以我的阴茎为活塞，以我的头为方向盘，我们就这样冲入赛场，我们将不用换挡，不用刹车，跑完全程，我们将赢得比赛，将会有香槟，我们将狂饮香槟，我们将醉于自由之乡——可是，我没被她的笑话逗笑，我无法笑出来，我的手中是一本被压得皱皱巴巴的诗集，我坐在陈小露的汽车上，我已完成剧本工作，正在回家。戴上陈小露扔在工具箱里的小墨镜，我再次翻动诗集，一言不发地看着，耳边是发动机的声音与王靖文的歌声。

145

米沃什是个梦想家，梦想家写出的诗总是容易让人感动。我与陈小露乱搞时就爱喘着粗气念米沃什的诗，有时我念，有时她念。我认为，米沃什的诗要比黄色小说来得委婉，比摇滚乐更有节奏感，比《花花公子》更有文化，比迷幻音乐美，比流行歌更为通俗，比色情录像带更能激起人的情欲，比寂静更生动。他的诗用呼喊与细语念出均可，什么样的呻吟作为伴奏都适合，如果你愿意试试它的最佳效果，那么你可以在自慰时使用，你的嗓音将比发烧音响更具效果。你会发现，孤独离你而去，空虚不知所终，苦闷被遗忘，而你会感到你的声音实在很真切，很好听。如果你在枕下放上一本他的诗集，那么你就可以把大麻烈酒之类的东西扔进垃圾箱了。

146

在他的诗集中，他曾断断续续地写道：

你因梦想而在这个世上受苦，
就像一条河流，因云和树的倒影不是云和树而受苦。

……

你是刮在黑暗中又消失了的风，你是去了不再回来的风。

……

你爱过希望过，但没有结果。
你追求过而且几乎抓住，但世界比你更快。
现在，你终于能见到你的幻影了。

……

一切是多么古老，不可补救，而又空虚。
荒废的时光，未被征服的顶峰，以及突然出现的卑劣。
眼泪，眼泪。
但是，我们后来才哭，在光天化日之下，决不恰在那个时候。

等等等等。

147

我没有向陈小露念出这些诗，我只有戴着墨镜才能看清这些诗句。我把诗集扔到后座，全神贯注地目视前方。陈小露一遍遍地播放王靖文的《棋子》，像是在告诉我，她像是人生棋盘上的一颗棋子，虽然很漂亮，却进退全不由自己。我理解她要对我说的话，但有一点我不太同意，我很想写一首歌与她对唱，我真的差点写，我的歌名叫《精子》。也许有一天，我会写出来送给王靖文让她唱给陈小露听，我想写的是，我是一个拄着拐棍的疲惫的精子，一个寻找着生命的精子，我带着关于生命的错综复杂而又无聊至极的秘密，我和其他精子一起盲目地奔跑，我没有什么机会，我跑得不太好，我深一脚浅一脚，我跌跌撞撞，我只有找到那个可以使我获得重生的果核才能获得重生，没有人告诉我它在哪里，也没有人告诉我我的运气，除了奔跑我无所事事，我不能停下喘息，也不能四处张望，因为我是在潮湿而黑暗的阴道里，而不是在有着花朵和光明的天堂之中。

148

这是我第三次试图写我与陈小露的故事，我一写再写，直至写无可写。我想我写得不好，我一定是落下了某些非常重要的东西，它们可能存在于我写的文字之中，也可能被落下，还可能湮没在记忆深处。它们也许存在，也许不存在，我不知道，我说过，我无论做什么，都始终有一种徒劳感，即使我会再次重生，我也无法确定这种徒劳是否能够离开我。事实上，我不希望重生，倒是想让身边这无聊的日子快点过去，我想为无聊插上翅膀，让它飞得快一些，但我知道，那没有用，飞得再快也没有用，因为我不知道要飞向哪里。

完

一九九九年五月七日

图书在版编目（CIP）数据

支离破碎/石康著. —沈阳：万卷出版公司，2008.9
（2010.1重印）
（石康文集）
ISBN 978-7-80759-219-8

Ⅰ.支… Ⅱ.石… Ⅲ.长篇小说—中国—当代 Ⅳ.
I247.5

中国版本图书馆CIP数据核字（2008）第074645号

出版发行：北方联合出版传媒（集团）股份有限公司
万卷出版公司
（地址：沈阳市和平区十一纬路29号 邮编：110003）
印 刷 者：北京汇林印务有限公司
经 销 者：全国新华书店
幅面尺寸：143mm×206mm
字　　数：175千字
印　　张：7
出版时间：2008年9月第1版
印刷时间：2010年1月第2次印刷
责任编辑：李文天
特约编辑：慕少艾
装帧设计：居　居
ISBN 978-7-80759-219-8
定　　价：21.80元

联系电话：024-23284090
邮购热线：024-23284050
传　　真：024-23284448
E-mail：vpc_tougao@163.com
网　　址：http://www.chinavpc.com